DEBUT D'UNE SERIE DE DOCUMENTS
EN COULEUR

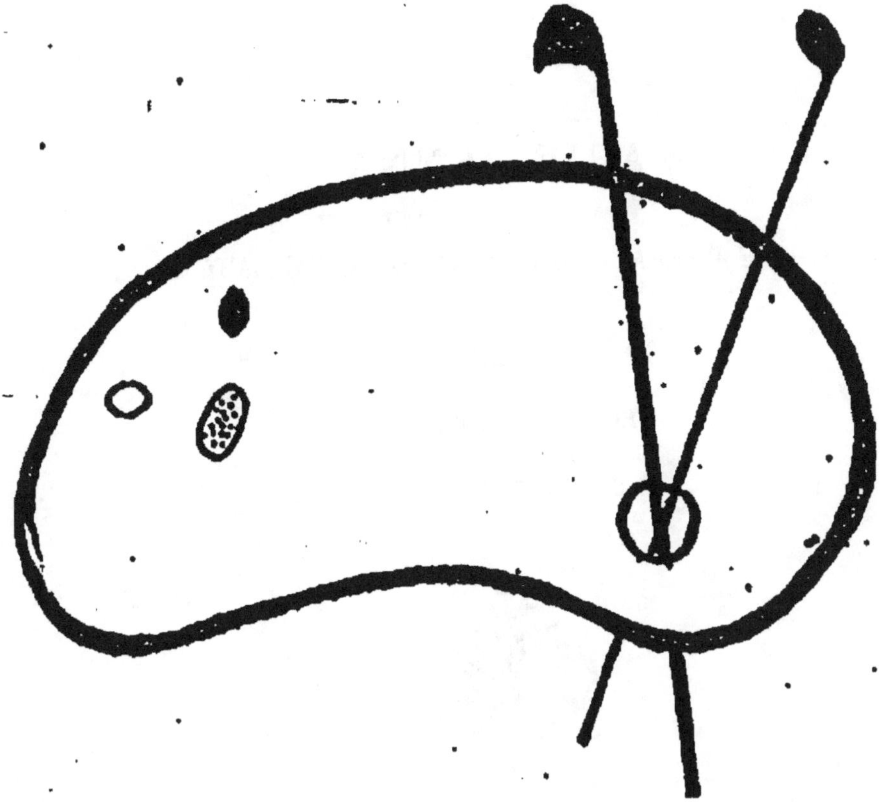

ÉLÉVATIONS
POÉTIQUES & RELIGIEUSES

PAR

MARIE JENNA

AVEC UNE PRÉFACE PAR M. ANTOINE DE LATOUR

TROISIÈME ÉDITION

PARIS

LIBRAIRIE POUSSIELGUE FRÈRES

RUE CASSETTE, 15

1880

A LA MÊME LIBRAIRIE

Œuvres complètes du R. P. Henri-Dominique Lacordaire. Nouvelle édition complète et définitive, comprenant tout ce que le Père Lacordaire a publié de son vivant. 9 volumes in-8 . . . . 50 fr.

— Les mêmes. 9 volumes in-18 jésus . . . . 30 fr.

Sainte Marie-Madeleine, par le R. P. LACORDAIRE. 5ᵉ édition. Joli volume in-32 . . . . 1 fr. 25

Lettres à un jeune homme sur la vie chrétienne, par le R. P. LACORDAIRE. 5ᵉ édition. Joli volume in-32. 1 fr. 25

Pensées choisies du R. P. Lacordaire, extraites de ses œuvres et publiées sous la direction du R. P. CHOCARNE. 2ᵉ édition. 2 volumes in-32 . . . . 3 fr.

Lacordaire (Le R. P.), des FF. Prêcheurs, sa vie intime et religieuse, par le R. P. CHOCARNE, du même ordre. 5ᵉ édition. 2 volumes in-8 avec portrait gravé par M. Achille Martinet, membre de l'Institut . . . . 10 fr.

Conférences du R. P. de Ravignan, de la Compagnie de Jésus. 4ᵉ édition. 4 volumes in-12 . . . . 12 fr. 50

Vie de Frédéric Ozanam, professeur de littérature étrangère à la Sorbonne, par C.-A. OZANAM, son frère, chapelain d'honneur de Sa Sainteté, etc., etc. Un beau volume in-8 avec portrait . . . . 7 fr. 50

Joséphine Sazerac de Limagne. Journal, pensées et correspondances, précédés d'une notice biographique. 2ᵉ édition. Beau volume in-18 jésus, orné d'un portrait . . . 3 fr.

PARIS. — IMPRIMERIE JULES LE CLERE, RUE CASSETTE, 17.

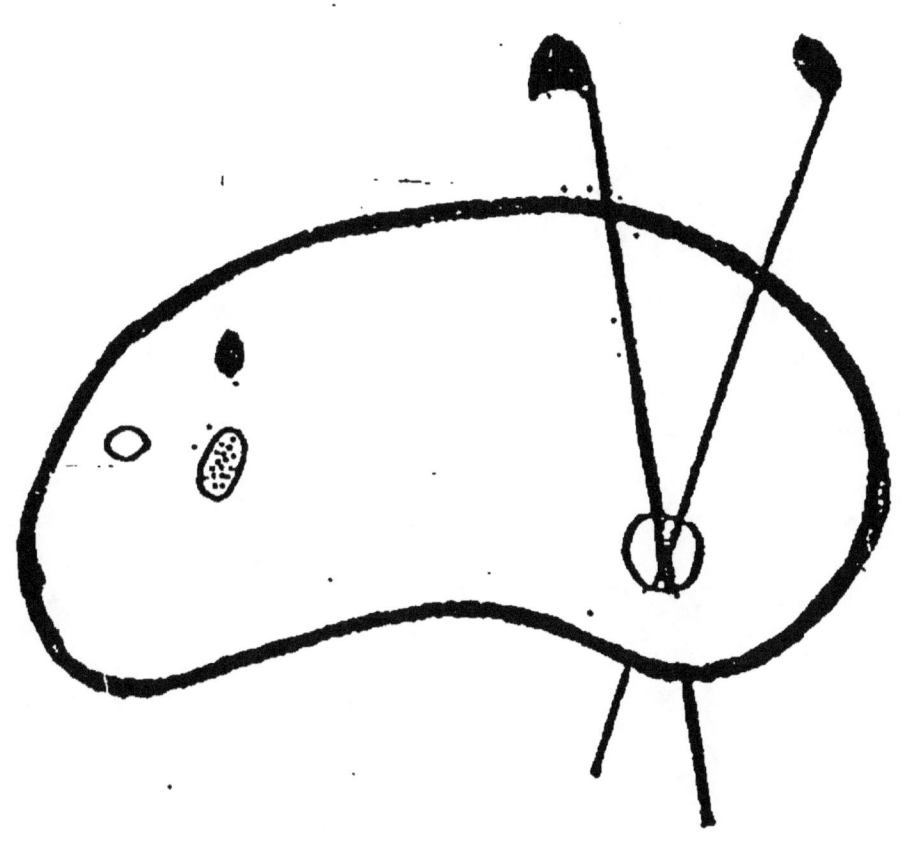

FIN D'UNE SERIE DE DOCUMENTS
EN COULEUR

ÉLÉVATIONS

POÉTIQUES & RELIGIEUSES

DU MÊME AUTEUR :

ENFANTS ET MÈRES. 1 vol. in-12 . . . . 3 fr.

LES PREMIERS CHANTS. 1 vol. in-16 carré,
orné d'une eau-forte. . . . . 2 fr.

(Ce volume est extrait en partie d'ENFANTS ET MÈRES.)

PARIS. IMPRIMERIE JULES LE CLERE, RUE CASSETTE, 17.

ÉLÉVATIONS

POÉTIQUES & RELIGIEUSES

PAR

MARIE JENNA

AVEC UNE PRÉFACE PAR M. ANTOINE DE LATOUR

TROISIÈME ÉDITION

PARIS

LIBRAIRIE POUSSIELGUE FRERES

RUE CASSETTE, 15

1880

MARIE JENNA

Marie Edmée, la douce et vaillante Lorraine, écrivait dans son journal, le 13 juillet 1864 :

« Madame Voïard, tout en causant, nous proposa de nous lire quelque chose qui, pensait-elle, devait nous plaire. J'écoute. C'est d'abord un article sur Marie Jenna, auteur d'un livre de poésies charmantes, puis deux échantillons de ce poète, *La Cathédrale de Strasbourg* et *Plus d'enfants*. Rien de pareil à cette lecture.

« Madame Voïard m'a dit qu'elle parlerait de moi à Marie Jenna. Je pense qu'elle lui dira combien elle m'est sympathique par ses œuvres, puis que je la verrai, et qu'elle aussi m'aimera peut-être un peu. »

Et c'est ainsi, par la mère d'un autre poète, madame Tastu, qui achève en ce moment sa vie pure et glorieuse dans la solitude des champs, que le nom et les vers de Marie Jenna arrivaient en même temps à l'oreille et à l'âme de Marie Edmée. C'est par Marie Edmée que ce beau nom m'est arrivé à moi-même pour la première fois, et, à mon tour, je me plais à associer le souvenir de ces deux nobles âmes pour qui c'était déjà du bonheur que l'espoir, hélas! trompé, de se connaître un jour.

Le livre sur lequel on vient d'entendre Marie Edmée s'exprimer avec tant d'admiration et de sympathie, est précisément ce même recueil des *Elévations poétiques et religieuses*, dont on publie aujourd'hui une nouvelle édition, revue et plus complète. Les Élévations, tel est en effet le titre expressif et heureusement choisi, par lequel s'annonçait, en 1864, une sœur éloquente des muses, qui, à cette époque, charmaient encore, mais avec une note moins franchement chrétienne, les imaginations éprises de poésie.

Pas une pièce dans ce volume qui n'élève le cœur et l'intelligence, qui ne s'adresse au sentiment religieux dans le sens le plus profond du mot, et, en même temps, aux plus doux, aux plus généreux, aux plus charitables instincts de l'humanité, dirai-je à ses élans passionnés? non, et ce fut là ce que j'appellerai le côté hardi et nouveau de l'œuvre. Dans cette âme ouverte à toutes les émotions de la femme, il n'est pas possible que la plus humaine des passions n'ait pas eu son cri, son chant, son hymne. Ils ont éclaté à coup sûr dans l'âme du poète, mais il les a pieusement, courageusement écartés de son livre; il aura craint d'ôter quelque chose à l'exquise pureté de son inspiration. Déjà pourtant il y avait quelques pages, en très petit nombre, où l'on croyait surprendre l'écho lointain d'une plainte, d'un soupir, de je ne sais quel sentiment profond qui ne s'avoue qu'à demi. Qu'on veuille bien relire avec cette pensée les morceaux qui ont pour titre : *Sacrifice, Plainte à Dieu, La plus grande Douleur*, et on sera peut-être de notre avis. Peut-être alors sera-t-on tenté de croire que le poète, prenant charge d'âmes dans ses vers, n'a voulu y rien laisser qu'il fallût interdire ensuite aux jeunes mémoires qui allaient trouver dans la plupart de ces belles pages tant de pures et douces leçons.

On eût dit, en effet, que, dès cette époque, Marie Jenna méditât cet autre recueil qu'elle a publié plus tard sous ce titre : *Enfants et Mères*, que toutes les mères ont lu avec un intérêt infini et que les enfants apprennent déjà par cœur sous la forme nouvelle et abrégée que vient de lui donner un éditeur intelligent, qui en a extrait les plus doux, les plus suaves parfums (1). Mais pour nous en tenir aux *Elévations* et à ce premier silence dont nous recherchons les nobles causes, ne faudrait-il pas en voir une dans cette pensée que le poète, en lisant les maîtres de l'école romantique de 1820 à 1830, s'est peut-être souvenu que quelques critiques, trouvés il est vrai trop scrupuleux, jugèrent sévèrement ce mélange de passion ardente et de foi chrétienne qui inquiéta alors plus d'une âme délicate. Mais en se rappelant la Beatrix de Dante et la Laure de Petrarque, on s'était, dans l'intervalle, peu à peu familiarisé avec l'Elvire de Lamartine. On va voir, dans cette édition nouvelle des *Elévations*, que Marie Jenna a cru pouvoir se montrer à son tour moins sévère, et quand on lira l'élégie admirable qui a pour titre *la Fin d'un rêve*, peut-être se demandera-t-on si là n'est pas le rayon qui éclaire d'une certaine lumière les trois autres pièces que j'énumérais tout à l'heure, dans lesquelles domine cependant, je le répète, une souffrance religieuse. Cette dernière page

(1) *Les Premiers Chants*, recueil de poésies destinées au jeune âge, par Marie Jenna. — Paris 1879. Philippe Reichell. 1 vol. in-16.

ajoute sa couleur aux autres et achève le recueil en le complétant.

Quelle belle occasion nous aurions ici de rappeler les noms des Muses qui, aux diverses époques de son développement, ont honoré la poésie française, et de marquer la place que les femmes se sont faite dans l'histoire littéraire de la France, pour ne parler que des poètes, et sans remonter jusqu'à la Religieuse Hrotsvitha, jusqu'à Louise Labbé, jusqu'à Christine de Pisan et à cette charmante et maternelle Clotilde de Surville, qui reste la plus attrayante des énigmes dans la légende de notre ancienne poésie, même après les persévérants et ingénieux efforts de M. Eugène Ville-dieu. Ce ne serait que justice de donner, en passant, un souvenir aux classiques brebis de Mme Deshoulières, à Mmes des Roches, la mère et la fille, à Mme de la Suze, à Mme du Bocage, pour arriver plus vite au groupe que présidèrent, au commencement de ce siècle, Mme du Fresnoy et la princesse de Salm, plus vite encore à celles qui eurent aussi leur lumineuse pléiade à l'époque romantique : Mme Tastu s'obstinant à se dérober dans l'ombre qui ajoutait encore à la grâce de ses vers, la trop spirituelle Delphine, et cette Mar-celine Valmore, dont le grand cœur chantait et pleurait à la fois dans toutes ses pages, puis la pauvre Elisa Mercœur, Louise Collet, Anaïs Ségalas, et, en se rapprochant de nous, et pour ne plus nommer qu'elle, ce qui ne veut pas dire, Dieu m'en garde ! que je la place la dernière, Mme Malvina Blanchecotte.

Marie Jenna n'était donc pas embarrassée pour se choisir des modèles. Elle fit mieux, elle ne prit conseil que d'elle-même et de son inspiration personnelle, c'est-à-dire de son cœur et de sa pensée.

Mais qui donc est Marie Jenna? Je serais en droit de répondre au lecteur que si pour la connaître il faut l'avoir vue, je ne la connais pas. Mais si l'âme se communique par la plume comme par la parole, il m'est permis de dire que nul ne sait mieux ce que vaut cette âme, que nul n'est mieux en mesure de dire que le poète est à la hauteur de ses ouvrages. Et d'abord, sous ces deux noms de Marie Jenna, est-ce qu'il ne s'en cacherait pas un troisième qui serait le vrai? Peut-être, en cherchant bien, trouvera-t-on au foyer du poète un ancien avocat aux conseils, qui, après une vie honorable et bien remplie, consacrerait aujourd'hui, lui-même, les loisirs d'une verte vieillesse à cultiver les lettres, et mettrait sa joie et son orgueil à se faire l'émule d'une fille inspirée. Peut-être y trouverait-on encore, dans la personne d'un oncle, l'auteur d'un beau drame sur Jeanne d'Arc, qui, non content d'avoir chanté l'héroïne de Domremy, a trouvé, lui aussi, après une carrière honorable et profitable au pays, la consolation d'une retraite anticipée dans le soin d'éclaircir, par une série de savantes études, les points encore douteux de la merveilleuse chronique.

C'est dans ce milieu poétique que s'est formé sans effort et tout naturellement le rare talent de Marie Jenna, et c'est en grande partie dans la paix et la bienfaisante solitude de la province qu'elle a écrit la plupart de ses beaux morceaux, qu'elle a composé du moins les derniers et les meilleurs. Grâce à Dieu, nous sommes loin du temps où il fallait avoir « *fait tous ses vers à Paris* »; — Voltaire, du moins, n'aurait pas eu besoin de dire à notre poète, comme il le disait avec une malice cruelle à un confrère exilé: *N'allez pas en Allemagne!* Ce mot est bien d'une époque où c'était surtout par la prose que se manifestait le génie de la France, et où la poésie, s'il y en avait encore une, prenait ses sentiments aux salons et ses grâces les plus délicates à l'esprit d'une société trop souvent artificielle. Heureusement le temps est proche où Chateaubriand, sans oublier les landes de sa Bretagne natale, ira chercher ses vives et nouvelles couleurs dans les déserts de l'Amérique ; où Bernardin de Saint-Pierre ramènera des îles lointaines *Paul et Virginie*; où Lamartine puisera la mélancolie de ses premiers vers dans le spectacle des ruines de l'Italie ou dans le paisible paysage qu'on aperçoit des tourelles de Saint-Point; où Casimir Delavigne, après n'avoir demandé aux passions de l'heure fugitive que l'inspiration des Messéniennes, dictera à son frère Germain, sous les ombrages de la forêt qui environne et parfume la Madeleine, sa chère retraite, qui le pleure encore, ses plus charmantes scènes, et ne reviendra à Paris que pour y trouver chez Talma et Mademoiselle Mars les voix inspirées qui doivent produire son œuvre devant un public impatient et d'avance ému ; où Victor Hugo, dans son noble exil de Guernesey, empruntera à la contemplation de la mer voisine l'inspiration grandiose que ne lui apportent plus les rumeurs de cet Océan qu'on appelle Paris. Et enfin, pour remonter à l'origine première de ce grand mouvement de rénovation poétique qui sera l'honneur de notre âge, n'était-ce pas un peu partout, en Angleterre même et jusqu'à Constantinople, par le désir et l'obsession du berceau lointain, mais à Paris enfin moins qu'ailleurs, qu'André Chénier composera ces vers adorables que Paris n'eût entendus dans leur nouveauté qu'avec un profond étonnement et qui n'étaient alors recueillis que par cette pieuse élite qui ne devient jamais la foule ?

Disons-le donc sans hésitation et sans regret, c'est le plus souvent à Bourbonne-les-Bains que Marie Jenna a composé bien des pièces charmantes qui, pour s'inspirer de la grâce de l'esprit français, n'ont jamais eu besoin du boulevard. Il y a en effet, dans ces vers, cette saveur de printemps et d'automne qui ne se puise guère que dans la solitude, dans un commerce de tous les moments avec la nature, et dans cette suave intimité de la famille qui se retrouve partout heureusement, mais dont la province semble devoir garder la dernière le doux et sacré privilège.

D'ailleurs, si ces belles poésies sont nées pour la plupart dans le calme d'une vie sereine et solitaire, c'est à Paris qu'elles ont paru et qu'elles ont été tout d'abord lues et admirées ; c'est là aussi qu'elles ont reçu ce qui aurait pu leur manquer ailleurs d'autorité pour être appréciées à leur haute valeur. Mais c'est de partout que sont venus les chercher les illustres suffrages dont j'ai obtenu la précieuse confidence de la modestie

2

de l'auteur ; il nous sera bien permis d'en détacher ici quelques lignes.

C'est d'abord l'éloquent élève de l'abbé Gratry, le futur évêque d'Autun et de Paray-le-Monial, qui écrit au père de l'auteur :

« Je sais des âmes abattues auxquelles, il y a quelques mois, j'avais fait lire ces vers, et qui m'en ont depuis remercié avec effusion, parce que cette lecture leur avait fait du bien... Faire du bien à une âme est une chose si grande que Dieu seul en peut apprécier et récompenser le mérite. »

C'est l'ami, c'est le véridique historien, le panégyriste convaincu du père Lacordaire et du comte de Montalembert, Théophile Foisset, qui lui écrira à elle-même :

« Dieu vous a fait un don inestimable et vous n'avez point profané les dons de Dieu. Quand je lis *les Saints*, *le Papillon*, *les petits Frères*, les larmes me montent aux yeux, et l'idée me vient de vous écrire pour me recommander à vos prières, car on doit savoir prier quand on sait chanter ainsi. »

Ah ! comme je retrouve dans ce peu de mots l'accent ému de cette voix du digne compatriote de Bossuet, qui encouragea ma jeunesse, de cette voix pénétrante et désormais éteinte, hélas ! pour jamais !

Ecoutons cette autre parole qui nous arrive de Bretagne, celle de l'évêque de Genève, exilé alors à Quimper, Mgr Mermillod :

« Je connais les ouvrages de Mme Marie Jenna, je les ai lus avec admiration. Je la félicite de consacrer toutes les gracieuses et ardentes inspirations de son âme au service de la sainte Eglise de Dieu, qui est le foyer du vrai, du bien et du beau. Que ses chants soient le *Sursum corda* des âmes à notre époque ! »

Votre vaillante amie, dit encore Mgr Mermillod à la personne qu'il entretient des œuvres de Marie Jenna, et nous n'avons garde de laisser se perdre ce mot qui peint si bien le poète. Il passe, en effet, je ne sais quel souffle viril sur les lèvres de cette Muse d'ailleurs si tendre, et qui s'émeut si aisément au spectacle des souffrances des pauvres et des petits.

C'est encore un évêque que nous allons entendre, celui qui alors occupait le siège d'Arras. Ceux qui l'ont connu retrouveront ici son accent un peu rude, mais d'autant plus à remarquer dans l'expression d'une pensée bienveillante :

« Je n'avais ni le temps ni la volonté de lire des vers ; cependant je coupai les premiers feuillets et je lus ; puis je me laissai prendre au charme de cette poésie simple et colorée, d'une sensibilité vraie, d'une élégance de bon goût et surtout d'une foi pénétrante, qui effleure à peine la terre et se tient toujours comme portée sur des ailes qui la dirigent vers l'infini. Sous la séduction de cette jouissance rare, j'ai non pas parcouru, mais lu de suite cent deux pages de ce délicieux ouvrage. »

On aime à joindre à ces consécrations épiscopales d'un pieux talent celle du sympathique historien de la grotte de Lourdes et de sa douce bergère, M. Henri Lasserre:

« Ce sont bien des Elévations, écrit-il à l'auteur; l'âme grandit en vous lisant et se sent portée vers les plus hauts horizons; aux derniers vers on touche les cieux. Ce n'est pas un procédé de votre talent, c'est le mouvement naturel de votre âme qui comprend la nature en grande artiste, mais qui n'en fait qu'un escabeau pour monter à Dieu en grande chrétienne. »

Quittons ces religieuses hauteurs, et on verra que l'admiration et la sympathie restent partout les mêmes et ne se refroidissent pas. On a accusé la nouvelle école provençale de vouloir se créer une patrie à part dans la patrie commune; on va juger si, à cette époque, elle avait perdu le sens de l'inspiration française ; et ce que ses maîtres disaient en 1867, nous avons la conviction qu'ils le répèteraient en 1879, avec une confiance éprouvée par le temps et avec l'expression plus vive d'une estime que les années n'ont fait que confirmer.

C'était Roumanille qui écrivait d'Avignon à Marie Jenna :

« Je vous remercie très vivement de la fête que vous venez de donner à mon esprit et à mon cœur, » et « il se sent sortir meilleur, ajoute-t-il, et émerveillé de ce vrai jardin de délices où son livre l'a introduit. »

Après Roumanille, c'est Aubanel qui écrit à Marie Jenna :

« J'admire beaucoup vos *Elévations*, ce livre ferme et beau, pétri d'énergie et de tendresse, rayonnant de foi ! » et, après avoir cité quelques vers d'une sombre vigueur, il ajoute :

« Cela m'a donné le frisson. Laissez-moi vite embrasser mon petit Jean. Je vous envoie la photographie de ce cher ange. Priez pour lui, afin que Dieu en fasse un homme et surtout un chrétien. Dès qu'il sera assez grand pour la comprendre, je lui lirai votre admirable exhortation à René. »

Après ces deux maîtres du félibrige, on s'étonnerait

que Mistral n'eût point parlé. Aussi écrivait-il de Maillane, où il achève aujourd'hui, dans une heureuse retraite, ce beau dictionnaire de la langue romane, sérieux et nécessaire complément à son œuvre poétique :

« On se sent là dans une atmosphère si pure, si éthérée, si sublime que l'on a honte de soi-même involontairement. Je ne crois pas que la femme chrétienne ait jamais exprimé sa foi, son amour, ses tendresses, sa délicatesse d'âme, ses mystiques aspirations, son angélique humanité d'une manière si haute, si éloquente, si gracieuse. »

L'année suivante il écrira encore :

« Le souffle catholique le plus pur, le plus féminin, le plus suave rafraîchit toutes les pages de ce volume, et on est même étonné de trouver en ce siècle où les architectes les plus fervents ne savent plus faire prier les pierres, un livre où la foi brille aussi vivante. »

J'hésite avant de joindre à ces divers témoignages quelques lignes d'une lettre datée de Saint-Point, signée, non pas Lamartine, mais Hyacinthe. Pourquoi ne pas les citer cependant, ne serait-ce que pour que celui qui les a écrites, si jamais elles tombent sous ses yeux, puisse trouver ici, au lieu d'un anathème, l'expression d'un poignant regret et d'un dernier espoir?

« D'où pouvais-je mieux vous remercier que du foyer hospitalier de ce poëte, illustre entre tous ceux de notre âge et qui a fait vibrer, sinon la corde pleinement chrétienne, du moins la note la plus éthérée et la plus religieuse de l'âme humaine dans l'ordre de la nature. Vos vers, à vous, sont d'une chrétienne ; je ne veux pas vous dire combien j'en ai admiré la forme dans ce mélange exquis des sentiments propres à la femme avec des qualités de style qui d'ordinaire ne sortent pas de notre sexe. Ce qui m'a séduit par dessus tout, c'est l'accent élevé d'une âme qui croit, qui espère et qui aime vraiment Dieu et les hommes en Jésus-Christ. »

On le voit, au foyer même de Lamartine, nous retrouvons les scrupules des critiques et des croyants de 1820; celui que nous appelions le Père Hyacinthe était de ceux qui auraient voulu plus chrétienne dans le poète la note de la foi associée à l'expression de l'amour.

Un mot heureux d'un des écrivains qui ont parlé encore des *Élévations* résume admirablement selon nous tous ces éloges, toutes ces justes appréciations ; il disait : *Marie Jenna a le timbre d'or.*

Je voulais finir par ce mot, mais je m'aperçois que,

parmi tous ces noms plus ou moins illustres qui ont salué les débuts du poète, il en manque un que son cœur regretterait de ne pas y voir compris, celui de l'excellent Trébutien. A la manière dont Marie Jenna parle en toute occasion de ce digne écrivain et dont il a lui-même parlé d'elle, on reconnaît en lui le véritable initiateur du poète. C'est lui, en effet, qui donna cette sœur à Maurice et à Eugénie de Guérin. Il avait senti en elle l'âme et la langue des deux inspirés du Cayla, et s'il vivait encore, ce ne serait pas moi sans doute qui aurais l'honneur de présenter au public cette nouvelle édition des *Elévations poétiques et religieuses*.

ANTOINE DE LATOUR.

Paris, sainte Céline 21 octobre 1879.

ÉLÉVATIONS

POETIQUES ET RELIGIEUSES

I

LA CATHÉDRALE DE STRASBOURG.

Seigneur, si votre peuple en sa triste folie
Pour des biens mensongers si souvent vous oublie,
Ah! nous vous bénissons de ce que, parmi nous,
Ce qu'on voit de plus beau, mon Dieu, fut fait pour vous;
De ce que, par-dessus tous les bruits de la terre,
Bruits de cupidité, bruits de haine et de guerre,
Bruits du passé qui tombe et du présent qui fuit,
Vaine agitation du jour et de la nuit,
Voix de l'ambition, plainte de la souffrance,
Vous avez fait monter le cri de l'espérance!
Légers festons de pierre autour des saints vitraux,
Cintres, piliers hardis, colonnes en faisceaux,
Dites qui vous créa. Fût-ce la main des anges?
Et voyait-on parfois des célestes phalanges
Passer les voiles blancs et les écharpes d'or,
Quand de la flèche au ciel elles prenaient l'essor?

Non, ce ne fut point eux ; non, non, ce sont des hommes,
Des hommes impuissants, pauvres comme nous sommes.
Ils ont dit : Travaillons ! et que Dieu vienne là !
Et puis ils ont prié, puis ils ont fait cela.
Salut ! portail sacré : salut ! flèche gothique ;
Salut ! temple béni, vieux géant catholique,
Qui des saints monuments, palais du Roi des rois,
As su porter plus haut le signe de la croix.
O toi, de nos aïeux magnifique héritage,
A tous leurs descendants parle un divin langage :
Puisqu'il faut en passant vers toi lever les yeux,
Ils seront bien forcés de regarder les cieux.
Oh ! dis-leur qu'il est triste et qu'il est misérable
De ne voir ici-bas qu'un peu d'or et de sable ;
Dis-leur que l'homme est grand quand il est à genoux
Devant le Dieu si grand qui s'abaissa pour nous ;
Dis-leur qu'il faut à l'âme un lumineux mystère,
Et qu'elle se dilate et vit dans la prière ;
Que leurs riches palais s'écrouleront demain,
Et que tu resteras, toi, jusques à la fin.
Qu'au dernier jour encor Dieu respecte ta cime,
Et que seule elle plane au-dessus de l'abîme,
Pour être un piédestal à l'archange vainqueur
Qui viendra réveiller les élus du Seigneur !

LES SAINTS.

—————

Comme au milieu des airs une blanche colombe,
Comme le grain d'encens qui parfume l'autel,
Comme un astre serein d'où la lumière tombe,
    Ils ont passé, ces fils du Ciel!

Ils effleuraient du pied la surface du monde,
Mais leur souffle aspirait l'air d'un plus haut séjour;
Leur aile en retombant ne se baignait qu'à l'onde
    De l'éternel et pur amour.

Qu'ils étaient beaux, mon Dieu! quand la foule pressée
Venait leur demander le pain de vérité;
Quand leur front, élargi par l'austère pensée,
    Se courbait dans l'humilité!

Quand ils brisaient du pied le socle d'une idole,
Que le peuple d'abord s'agitait furieux,
Et puis, s'agenouillant, saluait l'auréole
    Qui resplendissait autour d'eux !

Mais si quelque tyran poursuivait de ses haines
Ces doux soldats du Christ, ces vainqueurs de l'enfer,
On les voyait joyeux livrer leurs mains aux chaînes
    Et leur tête au tranchant du fer.

Puis, avant de mourir, leur bouche pour absoudre
Avait des mots divins, des accents tout nouveaux.
En étendant les bras, ils éloignaient la foudre
    Prête à tomber sur leurs bourreaux !

Ils fuyaient les cités, portant aux lieux sauvages
Leur suppliante voix et leur âme de feu;
Puis de la terre au ciel ils frayaient des passages
    En consacrant les monts à Dieu.

Et les grands, et les rois, et les peuples sans nombre,
Fatigués du mensonge, accouraient à leur voix,
Comme un essaim d'oiseaux qu'on voit s'abattre à l'ombre
    Du plus haut chêne de nos bois.

Car ils avaient en eux comme une source vive
Que ne tarissait pas le soleil du désert;
Ils avaient, pour toute âme affamée et plaintive,
    Un saint banquet toujours ouvert.

Vers le petit enfant, avec un cœur affable,
Des hautes vérités ils baissaient le flambeau;
Et le pécheur touché cachait son front coupable
    Dans les longs plis de leur manteau.

Un siècle vint pourtant dont la haine profonde
Insulta de nos saints la douce majesté.
On les traita de fous, ces conquérants du monde,
    Ces géants de la charité!

Mais l'orage a passé sans ternir cette gloire;
Vos ennemis, Seigneur, ont succombé partout :
Partout, sur vos autels, aux pages de l'histoire,
    Vos élus sont restés debout.

Et nous les invoquons, nous, enfants de l'Église,
Inclinés devant eux, confiants et soumis.
Laissez-nous quelquefois baiser leur robe grise
    Et leurs ossements endormis.

Laissez-nous écouter l'écho de leurs préludes
Sur les monts que jadis leurs pas ont traversés.
Laissez-nous respirer au fond des solitudes
    Les parfums qu'ils nous ont laissés.

Lorsque sur nos cités s'amasse le blasphème
Comme un nuage obscur qui veut voiler les cieux,
De nos têtes, mon Dieu, détournez l'anathème :
    Pardonnez-nous à cause d'eux !

Quand si pauvres de foi, si riches de misères,
Nous nous plaignons, hélas! sans tomber à genoux.
Alors souvenez-vous qu'ils ont été nos frères,
    Et qu'ils vous ont prié pour nous !

III

EN HIVER.

———

Non, je ne savais pas que tu pouvais, nature,
Au soir de ton été, détacher ta ceinture,
Déposer ton manteau tissé des mains de Dieu,
Éteindre ton soleil et voiler ton ciel bleu;
Laisser tes rameaux verts, à l'heure où le vent passe,
Pâlir et s'affaisser sous un souffle de glace;
Effacer sur les murs tes festons gracieux
Comme au bruit du matin s'efface un songe heureux;
Puis, sans fleur qui parfume et sans rayon qui dore,
Sans herbe dans le pré, sans rossignol au bois,
Sans nids, sans fruits dorés, sans ombrage et sans voix,
  Être si belle encore!

IV

A VICTOR HUGO

Malheur ! il a pâli l'astre aux rayons de flamme !
Malheur ! il est tombé l'ange au vol radieux !
Et si bas qu'on frissonne en le suivant de l'âme
    Dans cet abîme ténébreux !

Est-ce bien lui, mon Dieu, dont la France était fière :
Lui, phare étincelant au rivage allumé,
Urne versant à flots l'amour et la prière,
    Lui ! lui que nous avons aimé ?

O poète égaré, qu'as-tu fait de ta lyre
Mise au diapason du concert éternel :
Ta lyre qui faisait et pleurer et sourire,
    Voix de la terre ou voix du ciel?

Comme aux rameaux penchés la harpe éolienne,
Quand la brise s'émeut, frémit sous son attrait,
On entendait vibrer cette lyre chrétienne
    Dès qu'un souffle d'en haut passait.

    Lorsque sur un champ de bataille
    Expirait un guerrier sans peur,
    Qu'elle savait bien à sa taille
    Porter l'hymne triomphateur!
    Oh! qu'importe que la victoire
    Ait ou non couronné sa gloire,
    Si la mort surprend à la fois
    Dans ses inflexibles entraves,
    Sur son cœur le signe des braves,
    Sur son front celui de la croix !

    Quelle avait de belles colères
    Contre le traître et l'apostat,

Contre les lâches mercenaires
Qui vendent le trône et l'État !
On l'entendait comme la foudre
Gronder longtemps, puis se résoudre
En une détonation,
Et le crime baissait la tête,
Lorsque, pareille à la tempête,
Passait ton indignation.

Mais lorsqu'une tête enfantine
Apparaissait en souriant,
Dans son œil bleu qui s'illumine
D'une étincelle en te voyant,
Tu savais lire des mystères
Qui jusqu'alors au cœur des mères
Étaient seulement révélés;
Poète, tu savais traduire
Cet intraduisible sourire
Où l'ange et l'homme sont mêlés.

Lorsque tu voyais solitaire
Un de ces pauvres sans appui
Que la foule jette en arrière,
Tu parlais au riche de lui;

Puis tu versais à sa souffrance
Un divin baume d'espérance,
Et tu lui disais : Me voilà !
Oui, le poëte est votre frère,
Mais là-haut vous avez un Père :
Dieu qui vous aime est toujours là !

Oh ! que n'as-tu suivi depuis longtemps la feuille
Que l'automne en passant prend au rameau flétri !
Oh ! que n'es-tu tombé comme le fruit qu'on cueille
Tout aussitôt qu'il a mûri !

Nous aurions vu de loin disparaître ta voile
Ainsi qu'on voit descendre une vierge au tombeau ;
Et Dieu sur ton beau front eût retrouvé l'étoile
Qu'il a jetée à ton berceau.

Mais maintenant ta lèvre enseigne le blasphème,
Et l'amour se tarit où ton souffle a passé.
O poète ! ô chrétien ! de ton double baptême
Le double signe est effacé !

Tu blesses sans guérir : le fiel est-il un baume ?
Tu viens du malheureux toucher la plaie au cœur ;
Puis tu pars sans laisser la foi, céleste arome,
    Qui serait sa part de bonheur !

Dieu ne t'a-t-il donné de feu que pour la haine ?
N'a-t-il mis le génie en ton front soucieux
Et la force en ta main que pour briser la chaîne
    Qui réunit la terre aux cieux ?

Mais qu'est-ce donc, dis-moi, qu'est-ce donc qu'un poète,
S'il n'est le grain d'encens brûlant devant l'autel ?
S'il n'est à tous les yeux l'aurore qui reflète
    Les rayons de l'astre éternel ?

Qu'est-il donc, s'il n'est point l'arbre qui tend ses branches
Vers les petits oiseaux qui viennent s'y bercer,
Puis aux jours de printemps tapisse de fleurs blanches
    La route où l'homme va passer ?

Oh! qu'est-il, s'il n'est point l'écho de l'Évangile
Qui, par d'autres échos mille fois répété,
En flots harmonieux porte à tout cœur docile
    La lumière et la charité?

Dis, qu'est-il donc enfin, s'il n'est l'âme ravie
— Qui vers le Tout-Puissant monte en un char de feu,
Puis redescend vers nous et console la vie
    En disant les secrets de Dieu!

V

CONSOLATION

Relève, pauvre ami, ta paupière baissée,
Livre ton front brûlant à la brise des cieux :
Je sais quelle douleur oppresse ta pensée...
    Viens ! suis-moi bien loin d'eux !

Puisqu'ils n'ont rien compris à ton divin langage,
Puisque de tes désirs leur orgueil est blessé,
Puisqu'ils veulent sans Dieu poursuivre le voyage,
    Puisqu'ils t'ont repoussé ;

Puisqu'ils n'ont pas senti quelque fibre secrète,
Tandis que tu parlais, s'émouvoir en leur sein;
Puisque tes yeux ont vu sur leur bouche muette
  Le rire du dédain;

Puisque jamais leurs cœurs (ô pénible mystère!)
D'un désir infini ne se sont enflammés;
Puisqu'ils n'ont pas besoin pour être heureux sur terre
  Que Dieu les ait aimés :

Va, ne les trouble plus; c'est moi qui t'en conjure :
Reprends seul, pauvre ami, ton lumineux sentier.
Remporte fièrement ta flamme toute pure
  Et ton trésor entier!

Et si Dieu qui nous voit, Dieu père auguste et tendre,
Dont l'amour a besoin de notre encens pieux,
De leur cœur endurci ne peut plus rien attendre,
  Nous, nous l'aimerons mieux.

La palme du combat ne te fut point ravie;
Oh! tu n'es pas vaincu, si le nom du Sauveur,
Ce nom qu'ils ont proscrit et chassé de leur vie,
  Est resté dans ton cœur.

Va, si leurs doigts de glace ont pu froisser ton aile,
Peuvent-ils maintenant arrêter son essor ?
Regarde : peuvent-ils de la croix immortelle
    Ternir les rayons d'or ?

Peuvent-ils étouffer cette voix suppliante
De l'orgue saint qui pleure et qui prie en chantant,
Et fait monter l'esprit comme l'onde écumante
    Lève un vaisseau flottant ?

Peuvent-ils empêcher le malheureux de croire,
Et le petit enfant de tomber à genoux,
Le pauvre de sourire à la céleste gloire,
    Dieu de venir à nous ?

VI

LA MANSARDE.

———

Pour moi, cherchez une demeure·
Si vous m'aimez, choisissez bien.
Et que j'y vive et que j'y meure
Sans que le monde en sache rien.

Il n'y faut pas beaucoup de place;
Il y faut moins de luxe encor :
Une table, un lit, peu d'espace,
Et la muraille sans décor.

Des vieux meubles je n'aurai honte
Ni de la porte aux gonds rouillés ;
Qu'elle soit pauvre, et qu'on y monte
Par cent marches, si vous voulez.

Peu m'importe, je vous le jure !
Mais qu'au lointain je puisse voir
Un petit coin de la nature
Qui me parle matin et soir :

Le flanc brumeux d'une montagne ;
Une lande inculte, un sillon ;
Rien qu'une ligne où la campagne
Touche le ciel à l'horizon ;

Un bois perdu dans le mystère,
Un peu d'herbe... assez seulement
Pour que le rêve et la prière
Vers les cieux montent librement.

VII

LA MONDAINE AU PIED DE L'AUTEL

———

Mon Dieu, puisque l'ingrate a redonné son âme
Qu'elle avait mise un jour vaincue à vos genoux,
Puisqu'elle jette encor ses parfums et sa flamme
A tous les vents brûlants qui soufflent loin de vous;

Puisque tout bruit joyeux que le zéphir apporte,
Dans l'ombre de la nuit tout lustre rayonnant,
Tout accord s'élançant des fentes d'une porte
La jette fascinée en un rêve entraînant;

Puisque tout vain fantôme et tout riant mensonge
Enchante son esprit et l'attire ébloui;
Puisque, sans voir au fond, avide elle s'y plonge
Comme au flambeau du soir l'insecte réjoui;

Puisqu'il est des plaisirs, ô Dieu! qu'elle préfère
A la chaste douceur de vos embrassements;
Puisque, pour s'enivrer d'un encens de la terre,
Elle est, devant les cieux, parjure à tous moments;

Puisque tant que rira la joie à côté d'elle,
Vous n'aurez rien, hélas! de son fragile cœur,
Ah! dans votre bonté frappez cette infidèle...
Ayez pitié, mon Dieu, pitié de son bonheur!

Sur son front abattu, fanez, fanez les roses;
Effacez-y, Seigneur, et jeunesse et beauté.
Mettez une amertume au fond de toute chose,
Sur chaque illusion, une réalité.

Sur son printemps doré, faites tomber l'automne,
L'automne aux sombres jours, l'automne aux longues nuits,
Qui des arbres fleuris jette à bas la couronne,
Qui n'ait point de soleil et qui n'ait point de fruits.

Qu'à l'horizon bruni s'efface chaque étoile,
Chaque nuage blanc qui flottait à l'entour,
Et le dernier rayon et la dernière voile,
La dernière espérance et le dernier amour.

Si d'un regard alors, sondant le précipice,
Elle demande grâce, oh ! ne l'écoutez pas.
Que la fleur du chemin devant elle pâlisse !
Que le terrain mouvant s'affaisse où vont ses pas

Afin que quelque jour ses deux mains frémissantes,
En ces lieux dévastés où tout croule à la fois,
Parmi les troncs brisés, les murailles tombantes,
En un suprême effort, s'attachent à la croix ;

Afin qu'au bruit des eaux et des vents en furie,
Elle cherche un ciel bleu, plus haut... dans votre sein ;
Afin que sans espoir, sans frère, sans patrie,
Et n'ayant plus que vous, elle vous aime enfin !

VIII

AUX FAUX DOCTEURS.

———

Vous qui n'avez pas vu tomber du sanctuaire
    Les rayons de la vérité,
Que nous apportez-vous ? et que venez-vous faire
    Au chemin de l'humanité ?

Venez-vous arracher son phare du rivage,
    Ses étoiles de l'horizon ?
Venez-vous l'étouffer en serrant le grillage
    Aux fenêtres de sa prison ?

Laissez-nous ! vous n'avez plus rien à dire aux hommes :
    Malgré vous le monde est sauvé.
Nous savons ce qu'est Dieu ; nous savons qui nous sommes :
    Avant vous Jésus s'est levé.

Du monde en esclavage il souleva les chaînes
Il montra le chemin du céleste séjour ;
Il releva les fronts, il étouffa les haines
    Dans l'étreinte de son amour.

Depuis que sur nos maux ses mains vinrent s'étendre,
En son sein doucement les larmes ont coulé.
Quoi ! vous aimez le monde et vous venez lui prendre
    Le seul nom qui l'ait consolé !

    Et si notre âme l'abandonne,
    Où donc allez-vous la mener ?
    Si vous prenez ce qu'il nous donne,
    Dites, qu'ayez-vous à donner ?

    Rien que l'ignorance, le doute,
    Jetant leur ombre sur nos pas !
    Devant nous la fatale route —
    Qui s'enroule et n'arrive pas !

En nos maux, plus d'ami suprême
Qui nous console et qui nous aime
Et soulève notre fardeau.
Dans notre nuit pas un beau rêve,
Et pas un rayon qui se lève
De l'autre côté du tombeau !
Et puis quoi !... le bonheur suprême
De relever de sa raison,
D'être son seigneur à soi-même ?
Ô cruelle dérision !

Qu'importent aux aigles leurs ailes
Si l'espace manque autour d'eux !
Leur audacieuse prunelle,
S'il n'est plus de soleil aux cieux !

O Christ ! ô Rédempteur ! la terre te salue !
Elle jette à tes pieds son cœur et sa raison.
Ecoute les accents de sa prière émue :
Reste à son horizon !
Lorsque tu descendis, lorsque, voilant ta gloire,
Tu lui dis que le ciel était las de punir,
Et que pour la sauver son Dieu venait mourir,
Souviens-toi qu'elle osa le croire !
Souviens-toi de son sang pour ton nom répandu,
Et de ses passions à tes pieds apaisées,

Des temples renversés, des idoles brisées,

Du long cri qui t'a répondu !

Si l'impiété rit de l'hymne qui t'adore,

Si de ses cris de haine elle veut le couvrir,

Regarde ! parmi nous tu peux compter encore

Ceux qui pour toi sauraient mourir.

Oh ! qu'importe le flot qu'un autre flot emporte ?

Le temps fuit : sous tes pieds tu vois passer son cours.

Comme un torrent l'orgueil monte et mugit : qu'importe ?

Tu promis de rester toujours !

Et vous, marchez, troupe égarée.

Marchez !... par un suprême effort

Couronnez votre œuvre de mort.

Par nos anciens combats notre âme est rassurée.

Oui, d'avance nous contemplons

Vos tours de Babel écroulées ;

Et d'âge en âge nous ferons,

Sur leurs pierres amoncelées,

Monter nos adorations.

IX

SOUVENIR DE L'OCÉAN

————

Si j'étais au bord du rivage
A cette heure où descend le soir !
Si sur le sable de la plage
Un instant je pouvais m'asseoir !

Ô vaste mer, onde écumeuse,
Un instant si je pouvais voir
Trembler l'écharpe lumineuse
De la lune sur ton sein noir !

Si je pouvais mêler mon âme
Au long murmure de tes eaux,
Laissant ses vœux flotter sans rame
Comme les feuilles des roseaux !

Elle irait, se livrant entière
Au flot qui roule, à l'air, au vent,
Ou bien planerait, calme et fière,
Entre l'onde et le firmament.

Quels gouffres cachent tes abîmes ?
Quels freins retiennent ton courroux ?
Où s'en vont tes élans sublimes ?
O bruits profonds, que dites-vous ?

Ton flux jamais ne se repose
Un moment sur son lit sablé.
Le temps, qui calme toute chose,
Passe en vain sur ton sein troublé.

— On dirait que le flot qui gronde
A gardé sa sainte frayeur,
Océan, depuis que ton onde —
A vu la face du Seigneur.

Grande mer, tandis que l'œil reste
Immobile à ta majesté,
Mon âme allait, fille céleste,
Chercher une autre immensité ;

Car sur les grèves solitaires,
Comme au portique du saint lieu,
Tous mes soupirs sont des prières
Et tous mes rêves vont à Dieu.

X

LE PRÊTRE

———

A ces fragiles biens qu'ici bas l'homme espère,
    A la gloire, aux plaisirs,
Il a fermé son cœur, et des bruits de la terre
    N'entend que les soupirs.

Comme un aigle qui monte aux plaines inconnues
    Et se baigne de feu,
Longtemps son âme aussi, les ailes étendues,
    Se pénètre de Dieu.

Puis, quand des voix du ciel il sent en sa poitrine
Vibrer l'écho profond,
Quand l'auguste reflet de la face divine
Illumine son front ;

Lorsque le crucifix s'est en traits ineffables
. Imprimé sur son cœur,
Et qu'un amour céleste, héroïque, indomptable,
L'emplit de son ardeur,

Il vient ! les affamés de la manne de vie
L'attendent à genoux,
Et la source limpide où sa voix nous convie
S'épanche à flots sur nous.

Vers l'humble, vers l'enfant, souriant, il abaisse
Sa douce majesté ;
On dirait que la femme en lui met sa tendresse,
L'ange, sa pureté.

Et le pauvre, accablé du poids de sa misère,
En verse la moitié
Dans ce vase formé d'amour et de lumière,
De force et de pitié.

O saint médiateur, ô messager sublime,
Prêtre, nous t'avons vu
Relever le pécheur du fond de son abîme
Pour en faire un élu ;

Tendre ta noble main sur chaque tête humaine
Que l'on ose opprimer,
Et de ton ennemi décourager la haine
A force de l'aimer.

Prêtre, nous t'avons vu te pencher sur la couche
Du pauvre abandonné,
Sans craindre en lui parlant d'aspirer de sa bouche
Le souffle empoisonné.

Auprès du meurtrier que le remords oppresse,
Nous t'avons vu t'asseoir,
Et du sombre captif, en indicible ivresse,
Changer le désespoir.

En entendant monter de ce morne silence
Des hymnes de bonheur ;
En voyant tout à coup déborder l'espérance
Des coupes de douleur ;

En suivant pas à pas ce sillage de grâce
Que le prêtre a laissé,
Les mondains étonnés se disent à voix basse
Eh! qui donc a passé?

XI

TABLEAU DE NUIT

Cette heure où tout finit, l'heure où l'on doit se taire,
Ces longs arbres voilés, ce monde solitaire,
Ces chants et ces clartés s'éteignant dans la nuit
Cette échappée au ciel où le regard s'enfuit,
Ce groupe de sapins, ombre parmi les ombres,
Où l'esprit fasciné cherche des rêves sombres;
Ce croissant, s'élevant comme un sacré flambeau,
Rayon pâle et discret glissant sur un tombeau,
Ce nuage, flocon qu'un vent d'en haut balance,
Ces longs frémissements passant dans le silence,
        Mon Dieu, c'est beau!

XII

LES DEUX ROYAUMES.

——————

Il est parmi nous, sur la terre,
Un royaume mystérieux.
Des cieux lui descend la lumière,
Et ses habitants sont heureux.

Là, tout désir est espérance,
Toute croyance est une foi ;
La paix se nomme confiance,
Et l'amour est toute la loi.

6

Car c'est la nation conquise
Sur Satan par la vérité :
C'est l'Eden, la terre promise,
En attendant l'éternité.

Vis-à-vis son auguste enceinte
Se dresse une fière cité,
Où l'on n'entend point la voix sainte
Du Sauveur qu'elle a rejeté.

Ici, point de croix qui couronne
Le large mais stérile seuil;
C'est Ninive, c'est Babylone,
C'est le royaume de l'orgueil.

Et Dieu, Dieu dont l'amour suprême
Vers le pauvre s'est abaissé,
À marqué de son anathème
Le front de ce peuple insensé.

Ils vont cherchant en leur ciel vide
Une étoile à qui s'attacher,
Une fleur en leur sol aride,
Un filet d'eau dans le rocher.

Ils vont à la rive inconnue
Où brille un mirage menteur.
Hélas ! du désert continue
L'inexorable profondeur.

Leur œil languit, leur pied se lasse
Dans la plaine sans horizon ;
Et parfois un frisson qui passe
Les fait douter de la raison.

Alors, sur la montagne sainte,
Le vent qui traverse les bois
Apporte un écho de leur plainte :
« Oh ! venez, répond une voix ;

« Venez ! nous avons des fontaines
« Où l'eau pure coule à plein bord,
« Des zéphyrs aux tièdes haleines
« Comme un souffle d'enfant qui dort.

« Toujours une main fraternelle
« Réchauffe et soutient notre main ;
« Toujours aussi l'aube immortelle
« Trace et dore notre chemin.

« Au bord d'une mer infinie
« On entend souvent, vers le soir,
« Comme la lointaine harmonie
« D'un chœur d'anges qu'on voudrait voir.

« Nous avons pour les jours de fête
« Des bouquets de fleurs dans le pré,
« Puis des lacs purs où se reflète
« Un beau ciel encore ignoré.

« Nous avons bien loin de la terre
« Des sommets d'où l'on prend l'essor,
« Comme l'aigle quittant son aire
« Pour s'envoler plus haut encor.

« Venez ! le Maître vous convie
« Au festin de la vérité ;
« C'est le repos et c'est la vie,
« La lumière et la liberté. »

— Laissez-nous ! répond Babylone ;
La raison seule est notre appui.
Qu'importe ce que Dieu vous donne ?
Nous n'avons pas besoin de lui.

Et puis ils poursuivent la route
Que borde l'abîme béant,
Interrogeant la nuit du doute,
Et se drapant dans leur néant.

Quelques-uns d'eux pourtant se rendent,
Et vaincus disent : Nous voilà !
O vous dont les âmes m'entendent,
Vous que j'aime, soyez ceux-là !

Toujours une place est offerte
A qui veut parmi nous s'asseoir,
Et la porte est encore ouverte
Au passant qui frappe le soir.

Quand Dieu vous appelle et vous aime,
Pourriez-vous être indifférents ?
Recevez un nouveau baptême ;
Soyez humbles pour être grands.

Et ces secrets qu'on ne peut dire
En votre profane séjour,
Venez tous, oh ! venez les lire
Dans le grand livre de l'amour.

XIII

HYMNE DU RETOUR A DIEU

Tu n'étais pas si belle et si grande, ô nature !
    O ruisseau, nulle voix si pure
N'avait jusqu'à présent frémi dans ton murmure.
De l'espace infini jamais les profondeurs
Ne m'avaient révélé tant d'augustes splendeurs
Oui, mon Dieu, je le sens, votre bonté suprême
En me rendant à vous me rendit à moi-même.
Réveillez-vous ! chantez, hymnes harmonieux
Que je n'entendais plus ! Votre miséricorde,
O Seigneur, en mon âme, a fait vibrer la corde
    Où s'éteignait l'écho des cieux.

Je crois sentir votre regard de père
A travers ces torrents de sereine lumière.
Et cette majesté qui me jette à genoux,
Et ce charme secret qui m'anime et m'inspire,
Et cet aimant divin qui tout en haut m'attire :
    C'est vous, mon Dieu, c'est vous !

Oh ! que sont les beautés de la terre et de l'onde ?
Fleur, que sont les parfums qui s'exhalent de toi ?
Bois, que sont vos concerts en face de ce monde
    Qui se réveille en moi ?

    O source ! ô fontaine !
    Que l'aride plaine
    Cachait à mes yeux !
    Source qui fait vivre,
    Où l'âme s'enivre
    En buvant les cieux !

    Maison paternelle
    Qui gardait en elle
    Le bonheur entier !
    Où les solitaires

Retrouvent des frères
Autour du foyer !

Divin sanctuaire !
O flots de prière !
Hymnes ravissants !
Piliers de porphyre !
Temple où l'on respire
Des parfums d'encens !

O patrie ! ô rive
Où ma nef arrive !
Cieux éblouissants !
Atmosphère pleine
De la douce haleine
Des amis absents !

Champs où l'on moissonne
Le pain que Dieu donne !
Céleste palais !
Gerbes déliées,
Splendeurs oubliées,
Je vous reconnais !

O buissons qui bordez le chemin de la vie,
Rendez-moi, rendez-moi les lambeaux dispersés
De ces blancs vêtements qu'en la route suivie
  Sur tous vos rameaux j'ai laissés.
 Et des élans de ma rêveuse enfance,
 Parfums sortant d'un vase d'innocence,
  Rendez-moi le trésor perdu.
Rendez-moi les débris de mes ailes de flamme !
  Je veux porter toute mon âme
  A celui qui m'a répondu.

Oui, mon Dieu, je voudrais, ainsi que Madeleine,
Rajeuni par le feu d'une sainte ferveur,
Je voudrais aujourd'hui briser une urne pleine
  Aux pieds de mon Sauveur.

Prends ma vie, ô Jésus ! fais qu'elle t'appartienne,
Et s'use devant toi comme un cierge allumé.
Mets mon front sur ton sein, mets ma main dans la tienne,
  O toi qui m'as aimé !

Sème, si tu le veux, l'épine douloureuse
Sur les pas de celui qui te revient si tard.

Mais laisse, oh ! laisse en lui la trace radieuse
De ton divin regard.

Fais taire autour de lui la terrestre harmonie ;
Mais, au fond de ce cœur si longtemps profané,
Laisse encore vibrer ta parole bénie.
— Va, je t'ai pardonné !

XIV

LA MEILLEURE PART.

C'était par un matin d'automne
Pur et beau parmi les plus beaux,
Par un de ces jours que Dieu donne
Pour l'homme et les petits oiseaux.

Tout était joyeux dans la plaine,
Tout joyeux au fond de mon cœur,
Car elle était là, Madeleine,
La blonde enfant du laboureur.

Nous parlâmes des roses blanches,
Des moissons, des champs défleuris,
Des fruits pendant au bout des branches,
Puis nous nous tûmes .. puis je dis :

« Si tu voulais, ô Madeleine !
« Être pour moi plus qu'une sœur,
« Il me semble que nulle peine
« Ne saurait effrayer mon cœur ;

« Tu me donnerais d'un sourire
« Et le bonheur et la vertu ;
« Je t'aimais sans oser le dire...
« Madeleine, le savais-tu ? »

Tout près de la fenêtre ouverte,
La jeune fille regardait
Le ciel bleu, la montagne verte...
Sans rougir elle souriait.

—« Paul, oubliez cette pensée, »
Dit-elle, « ô Paul, oubliez-moi.
« Ecoutez : je suis fiancée,
« Et fiancée à votre Roi.

« Oui, j'ai promis mon âme entière
« A Jésus qui mourut pour nous.
« Il m'appelle, et je veux lui plaire,
« Et je n'aurai pas d'autre époux.

« Un soir j'entendis : Madeleine!
« Et j'ai répondu : Mon Sauveur!
« De bonheur j'étais toute pleine...
« Puis il dit : Garde-moi ton cœur.

« De nulle beauté passagère
« Il ne peut plus être charmé;
« Si j'avais aimé sur la terre,
« Paul, c'est vous que j'aurais aimé. »

Sa figure était ennoblie
Tandis qu'elle disait cela;
Tous les jours elle était jolie :
Elle était belle ce jour-là!

A la grâce elle fut fidèle;
Un matin je la vis partir.
Depuis trois mois je suis sans elle,
Et je vis de son souvenir.

J'écoute encore sa parole,
Et son front que je ne vois plus
M'apparaît dans une auréole,
Ainsi que le front des élus.

Bien loin du pays où nous sommes,
Plus loin que l'horizon brumeux,
On m'a dit qu'on trouve des hommes
Vivant comme l'on vit aux cieux.

A les suivre une voix m'engage :
Ami, je partirai demain;
Et puis, de village en village,
Je demanderai mon chemin.

On dit que leur travail est rude,
On dit que leur pain est bien dur,
Mais que de Dieu la sainte étude
Les nourrit d'un froment tout pur;

On dit que leur tête lassée
Trouve un lit de planches le soir;
Mais leur âme est toujours bercée
Sur les flots du céleste espoir.

On dit qu'ils comprennent des choses
Que les docteurs ne savent pas...
On dit qu'ils ont cueilli des roses
A l'ombre même du trépas.

S'ils ont quitté leur vieille mère,
La Providence est son appui.
On efface leur nom sur terre,
Mais le bon Dieu s'en souvient... Lui !

Vous penserez à moi, j'espère,
Lorsque la nuit vous veillerez ;
Vous plaignez ma vie, ô mon frère...
Peut-être un jour vous l'envierez.

XV

PLAINTE A DIEU.

Seigneur, il était là près de moi, tout à l'heure,
Et sa lèvre resta muette devant vous ;
Et moi, seule à présent, je soupire et je pleure
    A vos genoux.

Il ne vous connaît plus ! ô douleur ! ô tristesse !
Le pauvre voyageur a perdu votre amour.
Je l'avais pressenti même parmi l'ivresse
    De son retour.

Le monde aurait-il donc en sa raison troublée
Obscurci le flambeau de votre sainte loi ?
Il fallait tant combattre ! a-t-il dans la mêlée
    Perdu sa foi ?

Il était beau pourtant cet enfant de l'Église,
Quand son regard brillait d'ardeur, et que sa voix
Disait l'*alleluia* de la terre conquise
    A votre croix.

Mon âme en tressaillant suivait son vol sublime,
Et je pleurais de joie... et c'est fini, Seigneur !
Et mon regard voilé n'ose sonder l'abîme
    De ma douleur.

Pourtant depuis le jour où, mille fois heureuse,
Je l'ai vu devant vous pâle et le front baissé,
En mon cœur vous savez si l'hymne radieuse
    Avait cessé.

Vous savez en quels vœux s'épanchait ma tendresse ;
Vous savez si mes yeux, qui pleurent aujourd'hui,
Pouvaient sans s'éclairer d'un rayon d'allégresse
    Tomber sur lui.

Quoi! nous ne l'avons plus! le monde l'a ravie!
Le monde nous a pris cette âme de chrétien!
Quoi! mes larmes n'ont donc en tombant sur sa vie
      Servi de rien?

Lui versiez-vous les flots de la grâce enivrante,
Quand il venait le soir se jeter à ses pieds?
Il fallait tant d'amour à sa nature ardente...
      Vous le saviez!

En vos étroits sentiers parfois le pied se lasse...
Quand un souffle brûlant sur son âme a passé,
Que pouvait-il donc faire, ô Dieu! si votre grâce
      L'a délaissé?

Blasphème!... qu'ai-je dit? ma prière s'égare.
Le chagrin qui m'oppresse a-t-il troublé ma foi?
C'est l'homme qui de vous le premier se sépare...
      Pardonnez-moi!

La vérité peut-être en lui n'est qu'endormie,
Peut-être que demain elle s'éveillera;
Peut-être qu'il hésite et qu'une voix amie
      Le touchera.

Mais s'il n'est plus à vous! si votre sainte flamme
S'éteint et va mourir... si vous partez, Seigneur!
Dites, le sauverai-je en offrant pour son âme
    Tout mon bonheur?

XVI

NOTRE-DAME DE LA ROCHE

———

Mère du Seigneur, d'un céleste ombrage
Tes bras étendus couvrent le hameau.
Béni soit celui qui mit ton image
Comme un astre pur au front du coteau !

Ces lieux sont à toi : l'azur t'environne.
Ton temple est pavé de mousse et de fleurs.
De l'astre de feu l'éclat te couronne ;
Les vents à tes pieds brisent leurs fureurs.

Un vieillard courbait sa tête flétrie
Devant les rayons de ta majesté,
Et n'ayant point d'or, il t'offrait, Marie,
Le trésor divin de sa pauvreté.

Là, qu'il nous fut doux de prier ensemble !
Rien n'y vient briser l'aile de nos vœux,
Et, sur ces hauteurs, à notre âme il semble
Qu'il serait aisé de monter aux cieux.

O moments bénis ! visions qui passent !
Chants mystérieux que le cœur entend !
O douce prière ! étreinte où s'embrassent
L'âme qui s'élève et Dieu qui descend !

Bien d'autres feront ton pèlerinage.
Donne à tous, ô Vierge ! un jour aussi beau.
Béni soit celui qui mit ton image
Comme un astre pur au front du coteau !

XVII

A UN AFFLIGÉ

Si chaque heure a rendu ta coupe plus amère,
    Si ton bonheur est tombé par lambeaux,
Si ton pied ne peut plus faire un pas en arrière
    Sans se heurter à des tombeaux;
Si l'avenir n'est plus que le morne silence,
Et si ton cœur pourtant, droit comme aux jours d'enfance,
N'a rien démérité des biens qu'il a perdus :
Oh! n'accuse pas Dieu qui te juge et qui t'aime,
Et qui pose à ton front l'auguste diadème
    Que porta le front de Jésus.
Vois-tu? l'homme souvent ne sait ce qu'il désire :
Ceux qui t'aiment pour toi demandaient le bonheur,
Et ton âme, ô chrétien! fut aux yeux du Seigneur
    Assez grande pour le martyre!

XVIII

A M. RENAN

O philosophe impie, ô lévite infidèle,
Sais-tu qu'il vient pour l'homme une heure solennelle
Où le jour à ses yeux retire sa clarté,
Où les choses d'en bas s'effacent et s'oublient,
Où les ailes du temps craintives se replient
      Devant l'éternité?

Un jour on l'entendra sonner dans ta demeure.
Empressée ou tardive, elle viendra, cette heure!
Alors un poids glacé sur ton sein tombera :
Alors autour de toi des visions sans nombre
Ensemble s'abattront, et tour à tour leur ombre
      Sur ton front passera.

Alors tu chercheras en vain dans ta mémoire,
Pour tromper ta frayeur, un écho de ta gloire ;
Tu n'entendras plus rien que de lugubres voix :
Vers ta couche funèbre, une étrange harmonie,
Des malédictions, des rires d'ironie
      Monteront à la fois.

Tu verras si l'on peut secouer l'anathème
Comme on secoue un jour le signe du baptême ;
Si l'on sait oublier quand on a su trahir !
Tu sauras s'il est lourd, le poids d'une âme humaine,
Qui sur le grand chemin s'arrêtait incertaine,
      Et qu'on a fait mourir !

Tu sauras s'il suffit pour apaiser la fièvre,
Ce breuvage d'orgueil offert à notre lèvre ;
Si l'on peut s'adorer sur le lit de la mort,
Si l'éclat d'un vain nom laisse une paix profonde,
Si le bruit qu'on a fait en passant dans le monde
      Console d'un remord !

Tu chercheras en vain dans ton esprit aride ;
Tes mains en s'élevant n'étreindront que le vide ;

Tu verras sous tes pieds comme un gouffre béant,
Car à cette heure-là ta science insensée,
Sache-le ! s'enfuira soudain, et ta pensée
   Doutera du néant.

Ecoute cependant ! la Bonté que tu nies
Peut verser jusqu'à toi ses sources infinies,
Tes efforts n'ont point su les tarir, ô docteur !
Peut-être que, voyant tes angoisses suprêmes,
Elle en aura pitié !... le Dieu que tu blasphèmes
   Est encor ton Sauveur.

Si dans ta vision passe un front qui rayonne,
Si près de toi murmure une voix qui pardonne,
Si ta nuit s'illumine, et si tu sens l'appui
D'un bras plus doux encor que celui d'une mère,
Tressaille ! et confiant relève ta paupière :
   Ce sera Lui !

XIX

AUX ÉCRIVAINS CATHOLIQUES

Non, nous ne verrons pas sous de fausses doctrines
    S'écrouler tout ce qui fut saint.
Non! le monde vivra, puisque dans vos poitrines
    Le feu sacré n'est pas éteint.

Sur ses murs mitraillés l'Église vous appelle :
    Combattez, nobles écrivains !
Le Seigneur, outragé par un peuple infidèle,
    Remet sa cause entre vos mains.

Qu'importe que la foule aveugle vous préfère
    Les vains chantres de ses plaisirs?
Que vous planiez trop haut pour ceux qui sur la terre
    Ont renfermé tous leurs désirs?

Oh! qu'importent ceux-là, si la pieuse mère,
    Dont l'amour craint le lendemain,
Sourit en contemplant votre douce lumière
    Parmi les ombres du chemin;

Si quelque malheureux dont l'âme délaissée
    Ne voyait rien à l'horizon,
Retrouvant près de vous le ciel en sa pensée,
    Bénit en pleurant votre nom;

Si tous les cœurs chrétiens, émus d'un saint délire,
    Vibrent au son de votre voix,
Comme vibraient jadis les cordes de la lyre
    Où le barde posait ses doigts;

Si chacun des accents de vos lèvres bénies
    Monte avec l'encens de l'autel;
Si Dieu les reconnaît parmi les harmonies
    De son cantique universel?

Oh! parlez-nous! restez sur la divine plage
    Où l'Esprit-Saint s'est reposé.
Restez, restez sans crainte aux rochers du rivage
    Où le flot toujours s'est brisé.

Soyez, contre le vent qui souffle et qui renverse,
    Le chêne où l'on trouve un abri;
Soyez, au grand désert, le nuage qui verse
    Son eau dans le ruisseau tari;

Soyez, soyez la main qui console et relève
    Par l'amour et la vérité;
Soyez le froment pur et la vivante sève
    Dans le sein de l'humanité.

Soyez une barrière au bord du précipice
    Où vont les pas des nations,
Et soyez une pierre à l'auguste édifice,
    Salut des générations!

XX

LE POETE

Dans leurs salons étroits je me sens mal à l'aise ;
Je souffre... j'ai besoin de paix et de rayons.
Secouons un instant la chaîne qui me pèse :
    O mon âme, fuyons !

Fuyons ! je n'en puis plus. Qu'importe si l'on raille ?
Là, tout près, c'est l'espace et c'est la liberté.
Là, de l'autre côté de la sombre muraille,
    S'ouvre l'immensité !

La porte est entr'ouverte et la route isolée...
Arbustes du sentier, cachez, cachez mes pas ;
Si vous m'apercevez, pâtre de la vallée,
    Oh ! ne le dites pas.

Vous qui vous trouvez bien, restez en vos demeures.
De mon bonheur à moi vous n'êtes point jaloux ;
Pour que j'entende enfin les voix intérieures,
    Vains amis, taisez-vous.

Alors qu'à vos côtés, mon âme de vos fêtes
A goûté les plaisirs, amères vanités,
Et du matin au soir a vu ce que vous faites
    Au fond de vos cités ;

Alors que, sans merci, tout un jour autour d'elle,
Du monde ont bourdonné les frivoles accents,
Elle est bien lasse, allez ! d'avoir gardé son aile
    Captive si longtemps !

O bonheur de marcher sans qu'un mur nous arrête
Au travers des buissons et des sapins altiers,
Contemplant tour à tour les cieux sur notre tête,
    L'humble fleur à nos pieds !

O bonheur de rêver, insouciant et libre,
Et d'aller devant soi sans mesurer le temps,
Et d'avoir en son cœur une harpe qui vibre
　　　Au souffle du printemps !

De s'asseoir sur la mousse au pied de la tourelle,
Admirant toute chose, écoutant chaque bruit
Qui s'élève et murmure, et semble un frisson d'aile
　　　Des anges de la nuit !

Tout un jour que ne puis-je, ainsi que l'hirondelle,
Sans entrave à mes pieds, vivre sous le ciel bleu !
Vous ne trompez jamais ! vous êtes chaste et belle,
　　　Vous, nature de Dieu.

Sommets resplendissants ou corolles de roses,
Tout en les ravissant, vous reposez les yeux ;
Toujours vous nous parlez de ces divines choses
　　　Qu'on saura dans les cieux.

　　　O silence ! ô trêve
　　　Aux ennuis du jour !
　　　Extase où l'on rêve
　　　D'un céleste amour !

9

O fraîche couronne !
Verdoyant manteau
Qui luit et frissonne
Au flanc du coteau

Roseaux, scabieuses,
Ailes voyageuses
Du papillon bleu !
Vallon, solitude,
Sainte plénitude
Des œuvres de Dieu !

Onde jaillissante !
Douce voix qui chante
L'été revenu !
Radieux nuage
Qui semble un mirage
D'un monde inconnu !

Beauté toute pure,
Mon âme, ô nature !
Veut te ressembler.
Être ici c'est vivre.
Le regard s'enivre
A te contempler.

J'entends vibrer en moi les hymnes du prophète. .
Oh ! les pauvres humains qui s'agitent là-bas !
Les insensés, que Dieu convie à cette fête,
Et qui n'y viennent pas !

Maintenant que mon cœur, en une paix profonde,
Peut voir et peut songer sans haine et sans effroi ;
Maintenant qu'on m'oublie, et que les bruits du monde
Expirent loin de moi ;

Maintenant que je sens revenir mes pensées,
Comme l'eau rentre au sein des fleuves débordés,
Que les sombres lueurs en moi sont effacées,
Vous, Seigneur, descendez !

Car c'est vous que je cherche au fond de la nature.
Ce temple radieux serait vide sans vous...
Cet Eden embaumé, ce palais de verdure
N'est pas assez pour nous.

Quelque chose est plus beau que cette voûte immense ;
Quelque chose est plus doux que la nature en fleur.
C'est votre voix, mon Dieu, parlant dans le silence...
C'est vous dans notre cœur !

Car si l'homme, Seigneur, au fond de sa poitrine,
A senti tout à coup la présence divine,
Fleurs, coupple d'azur, arbres mystérieux,
Il n'a plus rien à voir et peut fermer les yeux.

XXI

MORT SANS DIEU.

————

Il est mort! près d'ici son corps glacé repose.
Et puisque ton regard me demande autre chose...
(Va, mon cœur a du tien compris la question;)
Puisque la lèvre humaine est apprise à tout dire,
Et tout ce qui console et tout ce qui déchire,
      Frère, écoute... eh bien, non !

La foi n'a pas jeté de rayons sur sa couche,
Le crucifix n'a pas reposé sur sa bouche ;
De la coupe de mort il a bu tout le fiel.
Son œil voyait de loin la vie avec ses charmes,
Et de près l'agonie et ses amis en larmes,
      Et n'a pas vu le ciel.

Un prêtre était venu... dans son cœur qui déborde
Il apportait les flots de la miséricorde ;
Mais lui, comme saisi de haine et de frayeur,
De sa force épuisée amassant tout le reste,
Debout il repoussa de la voix et du geste
      L'envoyé du Seigneur.

La nuit vint... son front pâle exprimait la souffrance
De l'âme qui frémit devant le vide immense ;
Puis son regard fixé tout à coup se troubla.
Semblable au matelot quand le navire sombre,
Sa main semblait chercher je ne sais quoi dans l'ombre...
      Et Dieu n'était pas là !

Dès longtemps il souffrait d'une douleur étrange,
Et son esprit, lassé de la terrestre fange,

Avidement scrutait la vie et le tombeau.
L'ignorance pesait à cette âme inquiète...
Je sais ce qu'il fallait d'orgueil pour que sa tête
    En soutînt le fardeau.

Il est bien vrai pourtant que le Seigneur nous aime
Qu'il nous offre la vie et le bonheur suprême,
Que près de nos foyers il est venu s'asseoir,
Qu'il habite avec nous, qu'au fond du sanctuaire
Il descend chaque jour... et notre ami, mon frère,
    Est mort sans le savoir !

Ah ! maudits les docteurs de haine et de mensonge,
Qui, l'esprit enivré de leur orgueilleux songe,
Où Dieu sema l'amour sèment le désespoir !
Maudits ceux dont le souffle éteint les saintes flammes,
Qui blessent en riant, et qui prennent des âmes
    Que Dieu ne peut ravoir !

Lui du moins, notre ami, n'a pas trompé les autres...
Seigneur, vos jugements sont différents des nôtres :
Nous voyons l'apparence et vous lisez au fond.
Non, nul de nous ne sait ce que l'homme peut dire,

Alors que sur sa lèvre un dernier souffle expire,
    Et ce que Dieu répond.

Mon frère, dis-le-moi, puis-je espérer ?.. tu pleures !
Hélas ! que cette vie a de poignantes heures,
De douloureux tourments qui m'étaient inconnus !
O frère, un mot d'espoir ! un rayon de lumière !
Et puis, si tu veux bien, de notre vie entière
    Nous n'en parlerons plus.

XXII

MALINES

Tandis que Bélial, entre le Christ et l'homme,
S'essaie à consommer la séparation,
Et déjà triomphant, sous les portes de Rome,
    Rugit comme un lion ;

Ils sont là, ces chrétiens, luttant contre l'orage,
Levant vers le Seigneur un fidèle regard,
Et faisant de leur âme, à la foi qu'on outrage,
    Un sublime rempart.

Dans leurs veines circule une force nouvelle ;
Ils vont se séparer confiants et sereins. —
Ils sont prêts au combat ; l'étreinte fraternelle
    A réchauffé leurs mains.

Eglise de mon Dieu, tous ceux-ci sont les vôtres !
Esprit divin, c'est vous qu'invoquent leurs désirs.
Ces disciples du Christ, ils seront des apôtres...
    Ils seraient des martyrs !

France aveugle et coupable, ah ! cependant je t'aime !
Nos ennemis sont forts et le mal est profond ;
Mais ils n'ont pas encore atteint le diadème
    Qui couronne ton front.

Quand l'orgueil insensé fait un pas vers l'abîme,
Quand le bras du Seigneur se lève pour punir,
Tout à coup de ton sein s'échappe un cri sublime
    Qui le force à bénir.

Frères, lorsque pour vous s'élève ma prière,
Je vois à l'horizon luire un rayon plus doux,
Et mon âme, ô chrétiens ! joyeuse et familière,
    Se mêle parmi vous.

Ce Rédempteur divin que l'incrédule ignore,
Contre qui les bourreaux partout se sont armés,
Que le lâche abandonne et que l'impie abhorre,
    O bonheur! vous l'aimez!

L'enthousiasme saint dans vos cœurs surabonde,
Et la voûte a vibré d'une acclamation,
Alors que parmi vous, note auguste et profonde,
    A résonné son nom.

O siècle, que me font tes palais, tes usines,
Et tes pompeux trésors étalés en tout lieu?
Il faut à mon regard des merveilles divines,
    Des âmes pour mon Dieu!

Parlez, vaillants chrétiens : l'Eglise vous écoute;
Semez le grain vivant que le temps mûrira.
Et puis marchez sans peur! un jour sur votre route
    La France passera.

                       1864

XXIII

AU BORD DU BOIS.

L'air est pur, l'oiseau chante, et le bois est doré.
On dirait aujourd'hui que ce monde, éclairé
Par un rayon tombé des plages infinies,
De tous côtés déborde en saintes harmonies.
Partout des nids joyeux, des souffles odorants!
De l'azur sur nos fronts, des dômes transparents,
Et sous nos pieds des fleurs et de vertes fourrures.
L'homme, de ces beautés, ces parfums, ces murmures,
De tous ces bruits charmants qui passent tour à tour,
En son cœur dilaté fait un hymne d'amour.
Vis-à-vis les coteaux que le soleil éclaire,
Des bois, silencieux ainsi qu'un sanctuaire,
Fermés à ses rayons, dans l'ombre sont assis.
Le regard enivré court et flotte indécis
Du charme des splendeurs aux charmes du mystère...
     Et ce n'est que la terre!

XXIV

SUR LA MORT DE M. L'ABBÉ PERREYVE

———

Nous l'avons entendu, l'ange, le doux prophète,
Quand des éclairs tombaient de son regard serein,
Quand planait sur la foule attentive et muette
    Son front marqué d'un sceau divin ;

Quand ces nobles chrétiens, gloire de notre France,
Ces preux, ces vétérans des combats du Seigneur,
    Au feu de sa jeune éloquence
    Venaient réchauffer leur ardeur,

Alors il nous parlait de cette ère nouvelle
Qu'à l'horizon du monde appellent nos soupirs.
Alors on croyait voir, dans l'antique chapelle,
L'espérance, à sa voix, se mêler pure et belle
    Au cortège des souvenirs.

Et nous disions tout bas (car souvent l'âme rêve...) :
Si tels sont les rayons de l'astre qui se lève,
    Quel sera son midi ?
Qu'il sera beau cet aigle, à l'heure où ses deux ailes,
Aux sommets de la foi montant d'un vol hardi,
Jetteront les reflets des clartés éternelles
    A l'horizon grandi !

Et l'astre a disparu sans finir sa carrière ;
Il s'est éteint dans l'ombre ainsi que tout finit.
Et l'aigle s'est couché... couché dans la poussière..
Il faut pour l'écouter se pencher sur la pierre
    Où son nom fut écrit.
Il est mort, ô mon Dieu ! la mort est bien sévère !
Ah ! vous savez pourtant s'il nous faut sur la terre
De ces hommes divins qui nous montrent le ciel,
Qui dans nos livres saints mieux que nous sachent lire,
Et, chantres inspirés, redisent sur la lyre
    Les doux cantiques d'Israël.

Assez d'autres, Seigneur, assez de faux prophètes,
En passant après vous défont ce que vous faites.
Des dons de votre amour, indignes ravisseurs,
Ils jettent en partant (oh! l'amère ironie!)
Quelque lambeau de pourpre à notre âme infinie.
Ah! du moins laissez-nous nos anges conducteurs!
Laissez-nous, par pitié! les voix qui nous bénissent,
Les cœurs qui sont à nous, les mains qui nous guérissent!
Laissez-nous les consolateurs!

Ainsi nous gémissons, aveugles que nous sommes,
Comme si le Seigneur avait besoin des hommes
Pour faire parmi nous l'œuvre de son amour!
Sa main, dans les sentiers de sa vigne éternelle,
Les guide tour à tour.
Il les suit du regard; puis sa voix les rappelle
Avant la fin du jour.
Et quand nous les pleurons, une tête inspirée
Se relève déjà sous l'onction sacrée.
Il ne fait qu'échanger ses dons mystérieux,
Et sans nous appauvrir il enrichit les cieux.

Son souffle tout-puissant, des cendres de la tombe,
Fait éclore un berceau.
Sur le vide laissé par un chêne qui tombe,

L'orme étend un rameau.

Mon Dieu, vous êtes riche! insensé qui s'étonne

En vous voyant livrer tant de fleurs à l'automne,

Et tant de génie au tombeau !

1865

XXV

AU CAYLA

SUR LA TOMBE D'EUGÉNIE DE GUÉRIN.

———

C'est là qu'elle vivait, belle fleur solitaire,
Entre un rayon du ciel et l'ombre du mystère,
Lorsque sur son coteau Dieu la cueillit pour nous.
Sentiers qu'elle foula, vous en souvenez-vous?
O triste et doux passé! souvenirs pleins de charmes!
Passant, donne à sa tombe et des chants et des larmes :
Ange, elle a tant prié! femme, elle a tant souffert!
Parfums, brise des bois, murmures, saint concert,
Vous aviez pour monter l'aile de son génie,
Mais le monde ignorait le secret d'Eugénie :
Elle cachait sa lyre et filait son fuseau.
Du laurier, bien souvent, le glorieux rameau,
En éclairant le front, jette une ombre sur l'âme,
Et Dieu, gardien jaloux de ce doux cœur de femme,
N'a couronné que son tombeau.

XXVI

A M. G. S. TRÉBUTIEN

ÉDITEUR D'EUGÉNIE DE GUÉRIN.

————

Tu souffrais, je le sais, d'une peine cruelle,
Quand l'ange du Cayla t'effleura de son aile.
Sans bruit, elle entr'ouvrait ta porte chaque soir ;
A ton foyer désert elle venait s'asseoir.
Penchée à ton chevet, la vision bénie
En un rêve divin changeait ton insomnie...
Et tu prêtais l'oreille, et tu fermais les yeux
Pour mieux voir au dedans l'être mystérieux.
O vaillant cœur blessé, tu revivais pour elle !
Dis comme à tes regards elle paraissait belle,
Alors que, pour chasser les songes importuns,
Elle épanchait vers toi ses vases de parfums.

Oh! qu'il t'appartenait de révéler au monde
Ce poème ignoré, cette source profonde,
A toi, qui, loin du siècle inconstant et banal,
Vas cherchant d'âme en âme un rayon d'idéal;
A toi, pieux savant qui ne vis que par l'âme,
Noble comme un héros, tendre comme une femme.
Tu voulus avec nous partager ton trésor.
Pour nous tu délias la gerbe aux épis d'or.
Sans toi, sans les travaux de tes fécondes veilles,
Quoi! nous n'aurions rien su de ces douces merveilles!
Entière elle fut morte! et le poète errant
Eût pu, près du Cayla, passer indifférent.
Comme un petit oiseau que nul homme n'écoute
Jette son harmonie aux arbres de la route,
Eugénie eût chanté... la brise de ses bois
Dans l'éternel silence eût emporté sa voix.
Combien se sont épris de ses célestes charmes!
Combien te sont venus, les yeux mouillés de larmes,
En te disant : Merci! Que le monde chrétien,
Lorsqu'à son horizon cette vierge rayonne,
Laisse toujours, ami, ton front sous sa couronne,
Ton nom tout près du sien!

XXVII

BEATI QUI LUGENT.

———————

Va, ton sein cache en vain le glaive qui le blesse :
J'ai compris ton silence et j'ai prié pour toi.
Jette au loin ta fierté comme un poids qui t'oppresse,
    Et pleure devant moi.

Il est, je le sais bien, des jours où la souffrance
Trouve en sa solitude une âpre volupté ;
Et le monde léger voit passer en silence
    Sa pâle majesté.

Et la main d'un ami, s'arrêtant incertaine,
N'ose écarter les plis de son voile de deuil.
Il est des maux si grands que la parole humaine
    Expire sur le seuil.

Mais deux jours sont passés ; il est temps que je vienne.
Oh ! laisse un front d'ami penché sur ta douleur !
Ne te détourne pas : Mets ta main dans la mienne,
Ton âme sur mon cœur.

Si je ne t'apportais qu'une amitié fidèle,
Mes pas avec respect s'éloigneraient d'ici.
J'attendrais que la tienne enfin se souvînt d'elle,
Mais j'ai souffert aussi...

Je ne te dirai point cette vaine parole
Que la douleur accueille en son muet dédain.
Non, ce que j'ai pour toi, c'est un mot qui console,
C'est un secret divin.

Des ombres de la nuit ton âme environnée,
D'espérance et de paix s'emplirait jusqu'au bord,
Si je pouvais d'un coup, comme l'urne inclinée,
Te verser mon trésor.

Il est des sommets purs où l'homme se repose ;
L'épreuve qui nous brise en ouvre le chemin.
Ami, crois-moi : c'est peu de perdre toute chose
Pour y monter enfin.

Aux calices du monde, ignorantes abeilles,
Nous puisons des parfums, et nous les trouvons doux :
Et nous nous arrêtons, comme si ces merveilles
    Étaient assez pour nous !

Et nous dormons à l'ombre, et notre âme fragile,
Se laissant consumer par un indigne feu,
Jour à jour, lentement, comme un figuier stérile,
    Se sèche devant Dieu.

D'autres enivrements, ces heureux les ignorent.
De célestes beautés ne les peuvent charmer ;
Même aux pieds du Seigneur, leurs âmes qui l'adorent
    Ne savent pas l'aimer.

Mais quand l'homme abattu, désolé, solitaire,
A touché jusqu'au fond l'abîme de douleur,
Oh ! c'est alors que Dieu, de Seigneur et de Père,
    Se fait consolateur !

C'est alors que le front, courbé sous sa défaite,
Sur un cœur infini sent qu'il est soutenu ;
C'est alors que du sein brisé par la tempête
    Monte un hymne inconnu.

Lorsque devant nos pas s'ouvre le précipice,
Un pont mystérieux apparaît au travers ;
Et Dieu, toujours auprès des bords où le pied glisse
Attend, les bras ouverts !

Quand tout plaisir humain dans l'âme se consume,
Une force d'en haut la soulève et l'étreint.
—Eh ! qu'importe, dis-moi, quand un astre s'allume,
La lampe qui s'éteint ?

O mystère infini ! mystère de souffrance !
Nous pouvons t'entrevoir enfin depuis ce jour
Où tomba d'une croix la plus grande espérance
Et le plus grand amour !

Je te le jure, ami : la vie et tous ses charmes,
Et les rêves dorés dont s'enivre le cœur,
N'ont rien, rien de si doux que ces premières larmes
Sur les pieds du Sauveur.

Oui, nous vous méprisons, félicités mondaines,
Lorsqu'au pied de la croix nous avons écouté
Ce mot délicieux que les lèvres humaines
N'ont jamais répété.

Sacrifice des pleurs, ô glaive! peine amère,
Nous pouvons vous aimer à ce moment béni
Où nos yeux, fatigués des choses de la terre
    S'ouvrent sur l'infini.

De ces concerts divins, de ces célestes flammes,
De ces flots jaillissant des plaines du désert,
Non, vous ne savez rien, vous toutes, pauvres âmes
    Qui n'avez pas souffert!

Mon Dieu! qui n'a pas eu ces immenses détresses
Et cette heure ineffable où vous êtes venu;
Qui n'a passé des pleurs aux saintes allégresses
    Ne vous a pas connu.

Heureux les affligés! dit la Vérité même.
Heureux! c'est vrai, mon Dieu! quand vous avez parlé. —
Nous voulons bien souffrir, si le bonheur suprême
    Est d'être consolé.

XXVIII

FRÈRE ET SŒUR

———

C'était à la place où nous sommes ;
Je te disais : Adieu, ma sœur !
Adieu ! j'ai du feu dans le cœur...
J'ai quelque chose à dire aux hommes.
Et j'écrivis ainsi que font
Ceux qu'on écoute sur la terre.
Je sentais, rêveur solitaire,
Passer des brises sur mon front,
Et ma pensée, à leur haleine,
S'envolait d'un rapide élan,
Puis retombait, ardente et pleine,
Comme le flot de la fontaine,
Comme la gerbe du volcan.

Beau jour où l'homme voit son rêve
Tout vivant de réalité,
Où de son horizon s'élève
Un rayon de célébrité !
Signer un nom qui s'illumine !
Sentir au fond de sa poitrine
Un souffle d'immortalité !
Dans chaque âme ardente ou rêveuse
Eveiller un écho profond,
Et, dans la foule curieuse,
Passer, une auréole au front !
Marcher devant ! montrer la route !
Au loin grandir à chaque instant !
Etre la voix que l'on écoute !
Etre le vengeur qu'on redoute !
Etre l'étoile qu'on attend !
Mais j'ai souffert aussi... l'envie
Essaya de flétrir ma vie
Sous les poisons de son venin.
Parfois la gloire, Madeleine,
Devient lourde comme une chaîne
Dont on veut retirer sa main.
Oui, sur mon œuvre pure et fière,
Ils ont posé leur doigt maudit.
Ils ont haï ton pauvre frère...
Si tu savais ce qu'ils ont dit !

Un mot surtout dans ma mémoire
Resta comme un glaive acéré.
Ne le dis pas, j'en ai pleuré!
J'aurais donné toute ma gloire
Pour effacer ce mot cruel...
J'aurais voulu briser le vase
Où, sous les parfums de l'extase,
Se glissait ce rayon de fiel!...
Eh! qu'importe! il manque une marque
A l'éclat du bandeau royal
Où la haine, vivante Parque,
N'a pas mis son ongle infernal.
Qu'importe une heure de souffrance
A qui peut d'un coup d'aile fuir,
Et pencher sa tête en silence
Pour regarder dans l'avenir?

— Au mur noirci regarde, frère,
Le crucifix de notre mère,
Tout son amour et notre foi.
As-tu prié souvent, dis-moi?
Au toit de cette mère absente
Viens, mon ami, chercher la paix.
Mets dans ma main ta main brûlante :
Tu souffres bien... je le savais.

O gloire humaine! ombre qui passe!
Lacet d'or où le pied s'enlace!
Faux rayon dont on suit la trace
Plus tard aux ravages du cœur!
Funeste don, manteau qui brûle,
Sirène à qui l'âme crédule
Pour un vain bruit vend son bonheur!
Tu souffres bien... il fallait, frère,
Porter au Dieu du sanctuaire
Ton front courbé dans la prière,
Et ton cœur docile à sa loi;
Puis te lever de la poussière,
Et t'élancer dans la carrière,
En ne gravant sur ta bannière
Que les insignes de la foi.
O joie intime! paix profonde!
Avec Jésus sauver le monde!
Dans la plaine où l'erreur abonde
Semer le grain de vérité!
Sur les flots de l'impiété
Elever l'hymne triomphante!
Mêler d'en bas sa voix qui chante
A la voix de l'éternité!
Redire au pauvre solitaire
Ce qu'en songe on a vu le soir!
Consoler! mettre une prière

Où rugissait le désespoir!

Aux innocences désarmées

Tendre un bras fort et fraternel!

Ne rompre aux âmes affamées

Que le pain descendu du ciel!

Et s'il arrive que l'envie

S'attache à cette noble vie

Comme un frelon sur un fruit mûr,

Des passions le fleuve impur

A sa limpidité d'azur

Ne peut mêler son eau troublée.

O mon frère, il importe peu

D'être blessé dans la mêlée

Quand on est le soldat de Dieu.

Crois-moi! vers des palmes plus belles

Que ton cœur aspire aujourd'hui.

Va! si Dieu t'a donné des ailes,

Sois donc un ange, et monte à lui!

XXIX

SUR LE TOMBEAU DU GÉNÉRAL LAMORICIÈRE

Vous êtes noble et grand, vous, Lamoricière.
La palme des combats est belle à votre front.
Dormez fier et paisible en ce lieu solitaire :
Ce que vous avez fait, les siècles le diront.
Dormez, vaillant chrétien ! sur l'humble cimetière
L'Église veillera comme veille une mère.
Quels doigts mystérieux sur vous se sont posés?
Où donc avez-vous pris la lance des croisés?
Ils vous voyaient d'en haut pleins d'une sainte envie,
Eux qui pour le Seigneur n'ont donné que leur vie.
Sous la croix de Jésus triomphant par la mort,
Dormez, noble vaincu, comme un vainqueur s'endort.
De ce tombeau sacré monte un cri d'espérance :
Ah ! vous étiez Français ! Dieu bénira la France !

XXX

CANTIQUE

Seigneur, vous avez fait des merveilles sans nombre,
Les champs et les forêts sous les grands horizons,
Les vallons, les sommets teints de lumière et d'ombre,
Les mobiles saisons.

Vous avez fait d'azur une voûte sereine
Qui repose les yeux sans borner l'infini.
Vous avez embaumé les sentiers de la plaine :
Seigneur, soyez béni !

12

Vous avez fait les eaux, miroir où tout s'imprime,
Rivière qui murmure ou torrent qui mugit;
Vous avez fait les flots dont la fureur sublime
  Épouvante et ravit.

Vous avez fait l'épi, vous avez fait la rose,
Et l'oiseau, roi léger du monde aérien;
—Vous avez fait, Seigneur, une plus belle chose :
  Une âme de chrétien!

XXXI

LA FIN D'UN RÊVE.

C'est fini sans doute... ensemble à l'église
Peut-être à cette heure ils viennent d'entrer.
Mon Dieu, soutenez ce cœur qui se brise...
Votre pauvre enfant ne veut pas pleurer.

Que fort et soumis mon front se relève ;
Songes d'autrefois, pourquoi me troubler ?
Il n'avait rien dit... j'avais fait un rêve...
Allons ! il est temps de me réveiller.

Souvenirs d'enfants, douces causeries,
Sourire d'adieu quand la nuit venait,
Je ne maudis rien... ses roses flétries,
Je veux les garder comme s'il m'aimait.

Ami, sois heureux ; mais qu'elle autre femme
Dis, pourra jamais t'aimer comme moi ?
N'en savais-tu rien ? j'avais dans mon âme
Un si grand trésor ! et c'était pour toi.

Mais tout se taira, même en ta présence.
Tu ne verras point de pleurs dans mes yeux.
Nous pourrons causer comme aux jours d'enfance :
Dans le vieux salon, reviens si tu veux.

Nul autre pourtant ne prendra ta place.
Va, mon âme est veuve : ils n'y pourront rien.
Au fond de ce cœur, si ton nom s'efface,
Dieu seul a le droit de mettre le sien.

Ils verront leur fils aux pieds de l'aïeule.
Leurs doigts étendus pour le caresser
Se rencontreront... Moi, je serai seule,
Et mes yeux de loin les verront passer.

Notre âme longtemps d'une ombre s'enivre,
Et puis tout finit dans un long soupir.
Mais sans être heureux.. ne peut-on pas vivre?
Sans l'avoir été... ne peut-on mourir !

XXXII

LA CROIX DU CHEMIN

———

Lorsqu'un char nous emporte au matin d'un beau jour,
Et sous nos yeux ravis fait passer tour à tour
Les épis ondoyants, les touffes d'églantines,
Les faucheurs dans les prés, les bois et les collines,
Ah! qu'il est doux de voir apparaître soudain
Le signe de la croix sur le bord du chemin!
La croix ouvrant ses bras à la misère humaine,
La croix planant sur nous triomphante et sereine,
Et mêlant, sous l'éclat de la nature en fleur,
A l'ivresse des yeux cette extase du cœur!
Terre, chante avec nous l'hymne de délivrance;
Reparais dans l'aspect de ta jeune innocence.

Verse à flots tes parfums et tes rayons de feu :

Resplendis, ô nature! en face de ton Dieu.

Avant que l'homme ait pu laver son front coupable,

Avant qu'ait résonné cette voix ineffable

Qui révéla le ciel à son cœur abattu,

De cet encens sacré, terre, que faisais-tu ?

Mais le grand sacrifice a levé l'anathème :

Dieu s'est penché vers nous; Il pardonne; Il nous aime!

Ainsi l'âme tressaille en face de la croix ;

Ainsi chantent pour nous les plaines et les bois;

Ainsi tout ce qu'on voit, l'on pense, l'on écoute,

Tout le trésor de paix recueilli sur la route,

Dès que nous apparaît la douce vision,

A ses pieds se transforme en adoration !

XXXIII

SACRIFICE

Vous rompez le premier ce pénible silence,
Et vous me demandez raison de ma douleur,
Quand vous avez brisé ma plus chère espérance
En m'ouvrant votre cœur.

Quoi ! vous avez cherché la céleste lumière,
Et votre âme en priant n'a pas su la trouver !
Mais j'ai promis cette âme à l'amour d'une mère,
Et je vais la sauver.

Ici j'étais heureuse et ma vie était belle...
Je vais en me donnant vous acheter à Dieu.
Je ne vous verrai plus qu'en la vie éternelle :
Je viens vous dire adieu.

Il faudra bien qu'à Lui le Seigneur vous amène,
Lorsque, près d'un mourant prosternée à genoux,
Sous ma robe de bure et mon voile de laine,
    Je le prierai pour vous.

D'autres courent à Dieu sans regarder le monde,
Comme un oiseau dans l'air s'élance à son réveil,
Comme un fleuve à la mer, comme le cerf à l'onde,
    Comme un aigle au soleil !

Moi, je suis prise encore aux lambeaux de la chaîne
Qu'en un effort suprême hier j'ai su briser ;
Aux pieds de son Seigneur, mon âme qui se traîne
    Ne sait se reposer.

Je regarde en arrière, et je tremble... et j'écoute ..
C'est un cœur partagé que je porte à mon Roi,
Et je laisse partout aux buissons de la route
    Quelque chose de moi.

Mais le Seigneur est bon... si bon qu'on peut lui plaire
Avec un cœur brisé ; sa grâce en un seul jour
Console et fortifie ; il me rendra, j'espère,
    Digne de son amour.

Adieu! lorsque pensif, et lassé de la terre,
Au travers des rumeurs qui s'élèvent d'en bas,
Vous entendrez descendre une voix solitaire,
  Ne la repoussez pas!

Et puis quand vous verrez apparaître une étoile
Inconnue à vos yeux; lorsque devant la foi,
Vos préjugés vaincus tomberont comme un voile,
  Vous penserez à moi.

J'aurais peut-être dû boire tout le calice,
Emporter mon secret, sourire en m'éloignant.
Vous n'auriez pas compris... ce premier sacrifice
  Eût été le plus grand.

Ah! que le Dieu clément dont la grâce m'invite
Pardonne si je suis faible encore aujourd'hui!
J'ai voulu vous revoir... maintenant je vous quitte,
  Et je suis tout à Lui.

XXXIV

LES VOLONTAIRES DE PIE IX

Ils ont bien mérité de Rome et de la France,
Ceux qui du Roi pontife ont défendu l'honneur.
Chrétiens, dites leurs noms! tressaille d'espérance,
  Église du Seigneur!

En leur folle insolence, ils s'avançaient, les autres!
Ardents à profaner le tombeau des apôtres .
Et le flot menaçant montait de jour en jour,
Et la Ville éternelle attendait dans la crainte,
Quand tout à coup la haine, à tes murs, cité sainte
  A rencontré l'amour.

Auguste et doux Pontife, ô Père de nos âmes!
A ta majesté pure, ils osaient, les infâmes,
    Jeter l'outrage et les sanglants défis.
Ils ne te savaient pas si fort en ta faiblesse!
Ah! dépose un instant la coupe de tristesse..
    Tu les as vus, tes fils!

Ils ont quitté pour toi leurs femmes et leurs mères;
Au bruit de la mitraille on les vit se lever.
On les vit, sous le coup des balles meurtrières,
    Jurant de te sauver.
Le feu sacré brillait sur leur jeune visage,
    Et si l'un d'eux succombait à tes pieds,
Au lendemain matin, les vengeurs, du rivage
    S'élançaient par milliers.

Pourvu qu'un jour au moins la phalange chrétienne,
Passant sous ton regard, ait pu le réjouir,
Pourvu que de leur nom l'Église se souvienne,
    Ils voulaient bien mourir !

Garde ton double sceptre et ta gloire, Saint-Père.
Rome est encore à toi. Sur la terre étrangère,

Oh ! tu n'iras donc pas, magnanime exilé !
Tu les as vus, tes fils ! ils t'ont bien consolé !

Que de nos chants vers vous s'élève l'harmonie,
Seigneur ! Tous ces vaillants, ce sont vos chevaliers.
Comptez du haut des cieux cette troupe bénie,
Christ, ô vous qui n'aviez, à l'heure d'agonie,
  Qu'un disciple à vos pieds.

 Vous dont nos cœurs ont gardé la mémoire,
  Nobles héros, les vaincus d'autrefois,
Vous, leurs frères aînés, tombés sans autre gloire
Que d'arroser de sang le drapeau de la croix :
 Vous étiez là. Sur leurs routes poudreuses,
Plus d'un a vu passer vos ombres glorieuses,
Et, d'un plus vif éclat, tout à coup, dans les cieux,
Resplendit de vos fronts le nimbe lumineux.
Vous avez su mourir, et la mort est féconde !
Une force sortit de vos derniers soupirs.
L'Église, qui s'en va semant par tout le monde,
Moissonne à pleines mains dans les terres qu'inonde
  Le sang de ses martyrs.

Et vous... vous qui souffrez d'une angoisse suprême,
Mère, dont les enfants ne sont pas revenus...

Ils ont aimé le Christ, et voilà comme on l'aime !
A ce monde souillé ne les demandez plus.

Ah ! pleurez, mais aussi chantez, noble victime !
Heureux qui s'agenouille au temple du Seigneur
En mêlant devant Lui, comme un encens sublime,
Tant de gloire à tant de douleur !

XXXV

LA VEUVE

Quand au fond des cités grondent les factions,
Quand du peuple en fureur les vagues se déroulent,
Et qu'au sombre fracas des révolutions,
Les jours, qui sont des ans, l'un sur l'autre s'écroulent ;
Ou quand le peuple enfin, lassé des jeux sanglants,
Du temple et du palais décore le portique ;
Quand soldats et coursiers, et chars étincelants,
Se croisent, débordant de la place publique ;
Lorsqu'au bruit des clairons, le cortège brillant
Passe, et fait ondoyer les vivantes ceintures,
Elle va, n'entendant que ces vagues murmures
Que laisse dans l'espace une âme en s'envolant...

XXXVI

UN BEAU JOUR D'AUTOMNE

De la brise une tiède haleine
Chasse les brumes d'Orient.
Sur la montagne et dans la plaine,
L'automne expire en souriant.

Le soleil baigne toute chose
Dans les rayons de sa splendeur.
Le dernier papillon se pose
Joyeux sur la dernière fleur.

La vie au centre se recueille,
Rien n'est lugubre en cet adieu.
On dirait que l'arbre s'effeuille
Sans regret sous les doigts de Dieu.

Epis des champs, oiseaux, verdure,
Ont accompli sa volonté!]
Tout se repose, et la nature
Déborde de sérénité.

Et l'homme, à cette paix immense,
Sent que les champs silencieux
N'ont à cacher qu'une espérance
En leur tombeau mystérieux.

Ainsi, chrétien, tu sauras être
Joyeux à ton dernier soupir.
Un jour aussi tu dois renaître...
Comme l'automne, il faut mourir.

XXXVII

SUR LA TOMBE DE M. DE MONTALEMBERT

———

C'est ici que je veux poser une couronne.
Qu'importent tous ces noms que la pompe environne,
Ces bustes qu'avec art a sculptés le ciseau?
Ces maîtres, ces savants, ils ont fini de vivre,
Et le regard de l'âme à peine ose les suivre
      Au delà du tombeau.

Mais toi, noble chrétien dont l'Église était fière,
O toi, tu peux dormir! De ce lit de poussière
Tu te relèveras comme un triomphateur.
Dors, calme et glorieux au bruit de nos prières,
Sous le marbre arrosé des larmes de tes frères
   Et la croix du Sauveur.

La croix, signe sacré qui sauve et purifie,
Que tu glorifias et qui te glorifie,
Qu'en mourant tu baisas... ce divin étendard,
Ton bras sut le tenir et venger son offense.
O vaillant! ton nom seul était une puissance,
   Ta parole, un rempart.

L'impiété partout te trouvait devant elle.
Ton cœur avait la flamme et tes yeux l'étincelle...
Contre eux ton seul aspect rassurait le croyant.
Tu les faisais trembler d'une frayeur étrange
Lorsque tu te levais comme un Michel Archange,
   Superbe et foudroyant.

Que ne t'ai-je entendu quand, dans la salle entière,
Passait un long frisson sous ta parole fière,
Quand le mal un instant s'arrêtait interdit;

Ou lorsqu'à tous les yeux ayant ouvert l'abîme,
Ta voix faisait passer comme un éclair sublime
        Le nom de Jésus-Christ !

Nous écoutions de loin dans une pure ivresse
Cette voix entraînante, émue et vengeresse.
De toi, près du foyer, bien souvent on parlait ;
A nos regards, ton nom brillait comme un symbole :
Toujours environné d'une pure auréole
        Il nous apparaissait.

De l'humaine beauté ton âme était l'emblème
En nos rêves d'enfants. Nous t'aimions comme on aime
L'éloquence, l'honneur et la fidélité,
Comme on aime un croisé qui combat et qui prie,
Comme on aime la foi, l'Eglise, la patrie,
        La sainte liberté !

Dis-moi, le savais-tu ? Sentais-tu nos prières
Comme une force en toi ? Les femmes et les mères,
Entendais-tu de loin leurs applaudissements ?
Oh ! tu devais porter leur âme dans ton âme
Alors que tu couvrais de ton glaive de flamme
        La foi de leurs enfants.

Tu ne combattras plus. Soldat, tu te reposes.

C'est dans la paix de Dieu que tu vois toutes choses ;

Mais sans trêve et sans fin ces pierres parleront.

La foi garde ta tombe et ton nom l'illumine,

Et tous les fronts qu'éclaire une lueur divine

Ici s'inclineront.

1870.

XXXVIII

LA PLUS GRANDE DOULEUR

———

Oui, mon Dieu! nous pouvons, sans que l'âme succombe,
Laisser notre bonheur à ce passé qui tombe;
Nous pouvons au matin former un rêve pur,
Tout d'amour et de paix, tout de flamme et d'azur,
Puis livrer les débris de sa beauté ravie
A ce vent du désert, qui laisse notre vie
Sans fleur et sans épi comme un champ moissonné;
Incliner notre front pâle et découronné,
Et devenir semblable à cette pauvre plante
Qui n'est pas morte encore et qui n'est plus vivante.

Nous pouvons voir gisant sur un lit de douleur
Celui qui nous restait, l'ami consolateur,
Compter chaque moment de son heure dernière,
Poser nos doigts tremblants sur sa froide paupière,
Et baiser son visage, et nous dire : Il est mort !
Nous le pouvons, mon Dieu ! (Parfois le cœur est fort.)

Mais aimer une autre âme, et la trouver si belle
Qu'on frémit de bonheur en se penchant vers elle,
Puis un jour contempler d'un regard impuissant
Sur sa beauté céleste une ombre qui descend ;
De cette âme où passaient les souffles de la grâce,
Sentir parfois monter quelque chose qui glace,
Douter, prier tout bas, pleurer d'anxiété,
Craindre, espérer... Longtemps marcher à son côté
Sans oser voir au fond... Puis un jour où l'on ose,
Reculer de partout où le regard se pose,
Où fut le feu sacré toucher de froids débris,
Murmurer en tremblant un langage incompris ;
Où Dieu passa, chercher sa lumineuse trace,
Et n'y trouver plus rien... rien ! pas même un soupir,
Pas un cri douloureux vers l'aube qui s'efface,
　　　C'est trop souffrir !

XXXIX

HARMONIE

———

Au fond des prés vibre une voix humaine,
Et ce doux chant,
Si loin d'ici que je l'entends à peine,
Est enivrant.

D'amour la terre à l'horizon limpide
Semble frémir,
Et s'enveloppe en une paix splendide
Pour y dormir.

Cède, mon âme, au souffle qui t'enlève :
      Élargis-toi!
Vagues désirs, extase, divin rêve,
      Emportez-moi!

Je ne sais plus à cette heure bénie
      Si j'ai souffert.
Tout est fondu dans la pleine harmonie
      De ce concert.

Tout est parfum, beauté qu'idéalise
      L'immense amour.
Œuvre de Dieu, je ne t'ai pas comprise
      Avant ce jour.

Soudain revit ma jeunesse rêveuse :
      Le temps n'est plus!
Les jours passés, l'enfance radieuse
      Me sont rendus.

Mon vieux clocher, mes jeux dans la fougère
      Au bord des bois,
Mon premier toit, mes compagnons... ma mère!
      Je vous revois !

S'il est, Seigneur, un malheureux qui doute
    Du grand réveil,
Ah! faites luire une fois sur sa route
    Un jour pareil.

... Mais on dirait qu'une ombre décolore
    Ciel et coteau.
Adieu, beau songe! il faut reprendre encore
    Mon lourd fardeau.

L'esprit humain n'est qu'une onde incertaine,
    Flux et reflux...
C'est que la voix qui chantait dans la plaine
    Ne chante plus.

XL

LA FRANCE A LA SUISSE

––––––

Alors qu'un voile au front, reine sans diadème,
Pâle, surprise encore et doutant de moi-même,
Lasse de voir, au bruit de leurs cris triomphants,
S'écrouler mes palais et mourir mes enfants,
Au soir d'un long combat je m'affaisse épuisée,
Et que la nuit n'apporte au fond de ma pensée
Que songes d'épouvante et visions d'horreur,
Parfois sur le chaos une image se lève
Et d'un rayon d'étoile illumine mon rêve :
    C'est la tienne, ô ma sœur !

Salut, douce Helvétie! oui, je te vois encore
Courant les bras ouverts avant que je t'implore,
Dans Strasbourg en ruine abordant d'un pied sûr,
Fléchissant du vainqueur les haines obstinées,
Arrachant de la nuit les femmes étonnées
D'oser respirer l'air et regarder l'azur.
Puis quand tout fut fini, quand ma dernière armée
Revenait à pas lents comme une ombre affamée,
De tes heureux cantons tu montrais le chemin.
Dans mes rêves de sang, oui, je te vois encore
Jetant sans les compter tes trésors dans le sein
Que la défaite oppresse et que la faim dévore.

Tout en pleurant sur moi, tu plaignais le vainqueur,
Ah! tu l'as bien compris que c'est un triste honneur
D'accabler savamment une grande vaincue.
Laisse à leurs généraux la prompte habileté,
Le boulet qui renverse et la poudre qui tue :
   Garde la charité!

Que ton sol soit béni! qu'aucun pied sacrilège
N'ose irriter jamais la paix de tes vallons!
Garde ta liberté vierge comme la neige —
   Qui couronne tes monts.

O noble sœur, merci! Dieu te garde à toute heure
De voir tes ennemis assis dans ta demeure,
Ton honneur insulté, tes monuments à bas,
L'héroïsme tombant sous la force brutale,
Et de l'autre côté d'une ligne fatale,
Des enfants orphelins qui te tendent les bras!

1870.

XLI

PECCAVIMUS TIBI.

Oui, nous avons souffert et vous êtes vengé,
Maître que trop longtemps nous avons outragé.
Nos crimes lentement creusaient le précipice...
Nous vous reconnaissons, éternelle justice,
A ces coups éclatants qui glacent de stupeur.
Si nous tombons vaincus, c'est à vos pieds, Seigneur.
Canons, fières cités, murailles, forteresses,
Orgueil des souvenirs et sciences et richesses,
Prestiges des combats, monuments du passé,
Vous nous avez tout pris, Seigneur, et tout brisé.
Vous avez dispersé sous un vent de colère
Les drapeaux, vieux témoins dont la France était fière,

Et pour nous accabler, ravi dans un instant
Au sage la sagesse et la force au vaillant.
Votre voix se perdait dans le bruit de nos fêtes :
Il vous a bien fallu déchaîner les tempêtes !
Domptés, soumis enfin, nous voici devant vous ;
Le poids de votre main nous fait mettre à genoux.
Que le sang répandu nous serve de baptême !
Nous revenons à vous, Père et Maître suprême.
L'âme sans votre grâce est un champ sans soleil ;
La gloire, un mot trompeur, un rêve du sommeil.
Toute vigueur faiblit, toute beauté s'efface
Lorsque vous détournez seulement votre face.
Nous sommes peu de chose et nous ne pouvons rien ;
Vous reviendrez à nous quand nous le saurons bien.
Reprenez votre peuple... il veut d'un cœur sincère
Se remettre à marcher sous le devoir austère,
Des chrétiens, ses aïeux, relever l'étendard,
Faire de votre loi son glaive et son rempart.
Alors vous nous rendrez votre anneau d'alliance,
Et les peuples diront : Dieu protège la France !

XLII

A NOTRE-DAME DE LOURDES.

Salut, salut à toi qu'aux heures de souffrance
    Nous attendons toujours.
Notre-Dame de Lourdes, ô Reine de la France,
    Viens à notre secours.

Ton amour la poursuit, cette France infidèle ;
    Il veille à chaque instant.
Si nous fermons les yeux, ta beauté se révèle
    Aux regards d'une enfant.

15

Oh ! que lui disais-tu quand son front, dans l'extase,
    Brillait transfiguré ?
Quel amour descendait dans le fragile vase
    De ce cœur ignoré ?

Sur notre sol qui tremble, ô Vierge, ta présence
    Est un gage de paix.
Ton peuple en sa détresse a gardé l'espérance,
    Puisque tu souriais...

Vois, l'abîme est ouvert ; mais sa profondeur même
    Excite notre foi.
Nous sauver de la mort en ce péril suprême
    Serait digne de toi.

Le peuple juif avait, dans les nuits du voyage,
    Sa colonne de feu.
Dans la nuit de ses maux, la France a ton visage,
    Sainte Mère de Dieu.

XLIII.

SOUPIR.

———

Oui, du beau la sainte flamme
Sous ton œil a pu passer,
Mais c'est en vain que ton âme
S'efforce de le fixer.

Si du ciel à notre monde
Un rayon s'est épanché,
Dans l'immensité profonde
L'astre divin s'est caché.

Homme ou fleur, notre existence
Brille un jour et se flétrit.
L'ombre de la mort d'avance
S'étend sur tout ce qui vit.

Le vent qui sème la plante
Passe encore et la détruit.
L'aurore qui nous enchante
Est un pas vers l'autre nuit.

Aucun être ne résiste
Au décret mystérieux ;
Toujours l'hiver morne et triste
Après l'été radieux.

Toujours le son d'une plainte
Se mêle à l'hymne vainqueur ;
Toujours vaguement la crainte
Frissonne au fond du bonheur

C'est plus haut que l'on s'abreuve
D'harmonie et de beauté.
Marchons ! le temps n'est qu'un fleuve
Qui coule à l'éternité.

XLIV

A LA MÉMOIRE DE PAUL SEIGNERET,

MARTYR DE LA COMMUNE.

———

Oui, j'ai compris, mon Dieu, que le champ de ce monde
Pour mûrir a besoin d'un sang qui le féconde.
J'ai compris que c'est tout de croire et de souffrir ;
Que, dans la grande arène où le combat se livre,
De vos soldats, mon Dieu, les uns sont mis pour vivre
   Et d'autres pour mourir.

J'ai compris que l'amour apaise la justice,
Et qu'il est des agneaux promis au sacrifice
Que vous gardez dans l'ombre avec un soin jaloux
J'ai compris que la fleur, avant le soir fauchée,
Et que le doigt divin seul encore a touchée,
   Cache un parfum plus doux.

Jeune homme, c'était toi, l'agneau, la fleur sans tache,
Qui jette son arôme à la main qui l'arrache ;
Toi que le divin prêtre a marqué de son sceau.
Je t'aime, ô Seigneret ! dans cette foule humaine,
Egarés ou méchants que la fureur entraîne,
   Tu m'apparais si beau !

D'autres, qu'ont désignés la haine ou le caprice,
Marchaient calmes et forts au-devant du supplice ;
Mais toi, comme un enfant, tu t'élançais joyeux,
Et tes vieux compagnons, qui te voyaient sourire,
Pour allumer en eux la flamme du martyre,
   La cherchaient dans tes yeux.

Oh ! dis, quand tu veillais dans la nuit solitaire,
Que te disait Jésus, mourant sur le Calvaire !
Quelle félicité cachais-tu dans ton cœur,
Pour que ni la prison, ni le champ du carnage,
Un seul instant n'ait pu voiler sur ton visage
   L'éclat de ton bonheur ?

C'était ton heure à toi, cette heure qui se lève !
Ce sort, depuis longtemps, c'était ton plus beau rêve :

Conquérir en mourant la palme du martyr !
Crier de tout son sang le nom du Dieu qu'on aime !
Tomber en bénissant ! faire un acte suprême
De son dernier soupir !

Ainsi tu t'enivrais à la voix qui t'invite;
Puis tu te reprochais d'aller aux cieux si vite,
Et d'être heureux parmi ces crimes et ces maux.
Un nuage passait sur tes rêves sublimes
Quand tu songeais pourtant qu'à côté des victimes
Il faudrait des bourreaux.

Les bourreaux sont venus... il est mort pour la France !
O mon Dieu ! c'est un crime... et c'est une espérance !
D'autres ont déposé des fleurs sur son tombeau...
Poète, à côté d'eux, je chante agenouillée :
Je t'aime, Seigneret; dans la sombre mêlée
Tu m'apparais si beau !

XLV

A UN PAUVRE

―――――

Oui, le sort te fut sévère.
Jeune homme, la pauvreté
A, sur un sillon de terre,
Enchaîné ta liberté
Mais ce fardeau de la vie,
Tu peux le porter joyeux ;
N'es-tu pas digne d'envie ?
Jésus t'a dit bienheureux !

Riche et pauvre vont ensemble
S'incliner à ses genoux.
Au pauvre qui lui ressemble
Il jette un regard plus doux.
Frère, à ses yeux, ta misère
Est un manteau glorieux ;
C'est une aile à ta prière,
Un chemin droit pour les cieux.

Mais reste, oh ! reste fidèle
A la foi de ton Sauveur.
Quand l'homme, ingrat et rebelle,
A chassé Dieu de son cœur,
Et jeté dans la poussière
Sa couronne de chrétien,
Au riche il reste la terre,
Au pauvre il ne reste rien.

XLVI

VANITAS VANITATUM.

———

Oui, j'étouffais des pleurs et ma force est vaincue
Oui, je souffre, et c'est vrai qu'ici-bas tout finit.
Cette chaîne éternelle est à jamais rompue :
    Tu me l'avais bien dit !

Ote-le de mon sein, ce glaive qui s'y cache !
Comment me suis-je tu sans pâlir sous l'effort,
Et, dans ce sein vivant, porté sans qu'on le sache
    Un cœur frappé de mort ?

Mystérieux témoins, frais vallons, hautes cîmes,
Mes vingt ans tout joyeux s'épanchaient devant vous.
Et vous nous révéliez mille charmes intimes
    Qui semblaient faits pour nous.

O soleil, ô printemps, nature enchanteresse,
A ma félicité vous aviez consenti.
Tous vos enivrements semblaient une promesse,
    Et vous avez menti !

Ma lumière est éteinte et vous brillez encore,
Quand tout défaille en moi, vous n'avez pas changé,
Et la beauté des cieux ni l'éclat de l'aurore
    Ne m'ont pas soulagé.

Ah ! tu m'avais bien dit que toute créature
Est un appui qui croule en sa fragilité,
Que l'homme trop souvent de son ivresse pure
    S'éveille épouvanté ;

Qu'un souffle desséchant tôt ou tard suit la trace
De nos bonheurs passés, et que, dans notre cœur,
Le côté radieux n'est qu'une large place
    Offerte à la douleur.

Oui, tu m'avais bien dit cette éternelle histoire
Que dans son livre à lui l'homme apprend seulement.
Mon délire d'enfant refusait de te croire...
    Je le sais maintenant!

Vous êtes heureux, vous, qui vers le ciel immense,
Avez jeté ce cœur affamé de désir,
Et pouvez défier toute humaine inconstance
    De vous faire souffrir.

Vous n'écoutez plus rien que la parole vraie;
Le royaume du ciel est votre unique vœu.
De ce nouveau bonheur il est temps que j'essaie :
    Dis, qu'est-ce qu'aimer Dieu?

Est-ce au pays lointain porter son Evangile?
Est-ce donner pour Lui tout ce qui m'appartient?
Est-ce affronter la mort? Ce sera bien facile :
    Plus rien ne me retient.

La voix qui vient d'éteindre une terrestre flamme
Ne m'a pas tout fait perdre en son cruel adieu ;
Ce coup m'a délié : j'ai reconquis mon âme
    Et je la donne à Dieu.

Oui, puisque l'amour même est une source amère,
Je ne veux plus que Dieu, le seul bon, le seul vrai ;
Et si j'étais tenté de courir en arrière,
  Ah ! je me souviendrai !

Mon ami, cet orage est le dernier qui gronde ;
Je ne cherche plus rien que la paix des élus.
Brillez, disparaissez, vains prestiges du monde :
  Je ne vous verrai plus.

Tu choisis avant moi la céleste science ;
Tu l'avais vu, ce monde... oh ! quand tu l'as quitté,
Avais-tu trop souffert, ou savais-tu d'avance
  Que tout est vanité ?

Le veux-tu ? sois mon guide en cette route austère ;
Et s'il est vrai que l'homme, alors qu'il a pleuré,
De la grâce d'en haut goûte mieux le mystère,
  Va, je suis préparé !

XLVII

AUX CLOCHES.

SONNET.

———

Grandes voix qui mettez une âme dans l'espace,
Qui tour à tour chantez ou gémissez sur nous,
Et qui vibrez d'amour à chaque heure où la grâce
Descend du sein de Dieu sur la foule à genoux,

Vous ne vous lassez point. L'homme aussi ne se lasse
De célébrer vos sons si puissants et si doux;
Et jamais en ce monde un poète ne passe
Sans incliner sa lyre un moment devant vous.

Mais tout ce qui tressaille au fond d'un cœur fidèle
Quand votre carillon, des flèches de dentelle,
S'élance inattendu comme l'oiseau du nid,

Le prestige divin, l'extase qui l'enlève,
Et qui d'un bruit d'airain fait un céleste rêve,
— Oh ! cela, j'en suis sûre, on ne l'a jamais dit !

XLVIII

POUR UNE AME DU PURGATOIRE.

———

Dieu juste, s'il gémit loin de votre présence,
C'est pour lui qu'à vos pieds je me jette à genoux.
Pitié ! de votre amour et de son espérance,
      Seigneur, souvenez-vous !

Car nous portons notre âme en des vases d'argile ;
L'homme sur son chemin trébuche à chaque pas,
Et vous savez, mon Dieu, qu'il est bien difficile
      De passer ici-bas

Calme et ferme au milieu du monde qui s'agite,
Sans s'arrêter jamais, et sans donner, Seigneur,
A tout ce qui frémit, aime, chante et palpite
    Un peu trop de son cœur.

Mais le sang de Jésus, c'est la force sublime
Qui lève tout fardeau, qui brise tout lien.
Je vous l'offre, mon Dieu ! J'ai prié : vers l'abîme,
    Va, mon ange gardien.

Un instant quitte-moi : que ta limpide haleine
Pénètre sous les plis de son manteau de feu !
Aime-le, parle-lui. Tu sais bien quelle peine
    Souffre une âme sans Dieu.

Fais briller dans sa nuit ta céleste auréole.
Autour de ses frayeurs mets tes embrassements.
Tout pleure autour de lui : va mêler ta parole
    A ces gémissements.

Dis-lui quand finira cette angoisse suprême.
A travers sa prison, va, montre-lui les cieux,
Les cieux qu'il a conquis, les cieux où Dieu lui-même
    L'appelle de ses vœux.

Dis-lui que le chrétien qui prie et qui s'élève,
Et médite en pleurant l'éternelle beauté
N'a pas même entrevu dans son plus divin rêve
       Cette félicité.   —

Contre ton sein d'ami que ta pitié le presse...
Et puis s'il demandait en s'appuyant sur toi
Qui donc a soulevé le poids de sa tristesse,
       Ah! dis-lui que c'est moi...

Comme un dépôt sacré garde dans ta poitrine
Son douloureux amour, ses plaintes, ses désirs;
Puis remonte, et répète à la bonté divine
       L'écho de ses soupirs!

LXIX

STANCES A UN JEUNE CHRÉTIEN.

———

Quand la sainte colère ou la pitié profonde
Au spectacle du mal ont fatigué mon cœur ;
Quand, d'un œil attristé, j'ai regardé le monde,
J'aime à te voir passer, noble enfant du Seigneur.

Ton visage est empreint des rayons de sa face,
Et le flot corrompu ne t'a pas envahi.
A ton chevet le Christ a conservé sa place :
Le Dieu de tes douze ans, tu ne l'as pas trahi.

Gloire et bonheur à toi ! Pour tromper ta jeunesse,
De la peau des brebis le loup s'est revêtu.
Des maîtres insensés t'enseignaient la sagesse ;
Le lâche en succombant riait de ta vertu.

Un jour, des passions la voix enchanteresse
Au disciple du Christ a jeté ses défis.
Blessé, mais non vaincu, tu combattais sans cesse,
Et sur ton sein brûlant pressais le crucifix.

Quand tu te relevas, victorieux athlète,
Sur ton front de vingt ans la lutte avait laissé
Cette mâle beauté qu'imprime la tempête
Au front de la montagne où son souffle a passé.

Mais tu le sais, chrétien : c'est peu d'être fidèle.
Des saintes vérités tu portes le trésor :
Va parmi nous, versant les flammes de ton zèle,
Comme un astre en nos champs verse ses rayons d'or.

Il faut aider le Christ à racheter les hommes,
Il faut payer à Dieu le prix de ton bonheur.
Oh! c'est un vaste champ que le siècle où nous sommes;
Y creuser un sillon, c'est un rude labeur.

Mais à nous l'avenir! Va, plus d'un heureux signe
Au regard attentif éclaire l'horizon.
L'homme à vivre sans Dieu lentement se résigne;
En cette horrible nuit chancelle sa raison.

Avant le dernier pas, il hésite, il s'arrête,
Et jette un long regard à son bonheur perdu.
L'orgueil étouffe mal une plainte secrète...
En te penchant vers eux, n'as-tu pas entendu ?

Enfants, ils ont reçu le signe du baptême ;
L'homme en le reniant ne l'a pas effacé :
Sur leur front, pour laver cette marque suprême,
Tous les flots de la mer auraient en vain passé.

Jeune homme, qu'il est beau d'être, pendant l'orage,
Le pilote debout, calme, et montrant le but !
Qu'il est beau d'être l'ancre attachée au rivage,
La boussole qui tourne au côté du salut !

De mépriser les biens que le pécheur envie,
D'aller, semant la grâce et la paix en tout lieu,
D'être bon, d'être pur, et de passer sa vie
A frayer le chemin qui mène l'homme à Dieu !

Comme une fleur des bois qu'étouffe l'ombre épaisse,
Pour s'entr'ouvrir enfin cherche un rayon du jour,
Il est des cœurs troublés que le néant oppresse,
De nobles affamés de lumière et d'amour.

C'est vers vous qu'ils iront ! c'est vers la foi qu'aspire
Sans le savoir, hélas ! leur inquiète ardeur.
Un charme tout=puissant les guide et les attire
Vers l'inconnu divin caché dans votre cœur.

Dis-leur si l'on est bien sur le sein de l'Eglise,
Si le joug du Seigneur est doux et glorieux ;
Alors qu'on a rompu des liens qu'on méprise,
Dis-leur si l'on est fort et si l'on est heureux.

C'est vers vous qu'ils iront ! Quant ta charité sainte
Au naufragé du doute aura tendu les bras ;
Quand Dieu, par ta parole, aura changé sa plainte
En un cri d'espérance… oh ! que tu l'aimeras !

Puis au jour de victoire où son âme ravie
Aura suivi la tienne au banquet du Seigneur,
Tu sauras seulement tout ce que vaut la vie,
Et ce qu'un cœur humain peut porter de bonheur !

L

IL EST MORT !

HOMMAGE A MONSEIGNEUR DUPANLOUP.

———————

C'était la voix de la vérité sainte,
Clairon d'appel aux combats du Seigneur.
C'était l'écho de toute noble plainte,
C'était un cri de vaillance et d'honneur,
     La voix qui s'est éteinte !

C'était l'appui des faibles, des vaincus,
Un vase plein d'amour et d'éloquence.
C'était un centre au peuple des élus,
C'était la flamme où s'allumait la France,
     Le cœur qui ne bat plus !

1878

LI

SOUVENIR DE BRETAGNE

AU CIMETIÈRE D'AURAY

Dix jours! un mois! cinq ans! c'est le côté des anges...
Et j'avance, et toujours : un an! six ans! deux mois!
Des herbes et des fleurs et des chants de louanges
    Sur les petites croix.

Oh! qui donc a creusé ces fosses peu profondes
Comme un sillon de grain que le Seigneur bénit?
Oh! qui donc a couché toutes ces têtes blondes,
    Là, dans un même lit?

Afin que le chrétien passant le saint portique
Pour méditer la mort et prier à genoux,
En foulant sous ses pieds cette terre angélique
    Fasse un rêve plus doux;

Pour que, loin des échos du cortège superbe,
Ce dernier bruit du luxe et de l'ambition,
Les petits chérubins puissent causer sous l'herbe
    De résurrection;

Pour que, dans cet endroit, rien ne trouble et n'effraie,
Et pour qu'au dernier jour, l'ange de l'Eternel
Puisse moissonner là, sans démêler l'ivraie,
    Ses gerbes pour le ciel.

Je voudrais être ici lorsqu'ouvrant leur paupière
Après ce long sommeil, cet ange, leur ami,
En les baisant dira : Chers petits, sous la pierre
    Avez-vous bien dormi?

Je voudrais être ici quand, secouant leurs ailes,
Et d'un élan joyeux quittant ces froids berceaux,
Ensemble ils voleront aux fêtes éternelles
    Comme un essaim d'oiseaux.

Heureux enfants! ce prix que dispute l'athlète,
Le royaume céleste au vainqueur destiné
Et que par tant d'efforts ici-bas l'âme achète,
    A vous il est donné.

Il faut que l'homme souffre, et gémisse et combatte :
Enfants, Dieu vous a pris sur le doux oreiller
Comme une fleur des champs qu'une main délicate
    Cueille sans l'effeuiller.

Mais vers la tombe fraîche une femme s'avance.
Laissons-la... c'est sa mère... elle n'avait que lui !
Hier on l'écartait d'ici... vaine prudence !
    Elle vient aujourd'hui.

Passants, quand vous voyez sur ces tombes légères
La rose qui fleurit belle ici comme ailleurs,
Non, vous ne savez pas quelles ondes amères
    Ont arrosé ces fleurs.

O mort! vers l'innocent tu viens comme une grâce;
Tu n'apportes vers lui ni terreurs ni fardeaux.
O mort! et cependant tu sais ce qui se passe
    La nuit, près des berceaux.

Emporter un enfant, ce n'est pas si facile!
Lui, comme un doux agneau se couche pour mourir;
Mais une femme est là qui, de ses bras d'argile,
    Cherche à le retenir.

Quelques mères pourtant, quelques-unes... les saintes!
Pour le donner à Dieu joignent leurs doigts tremblants;
Mais d'autres, quand tu viens, à tes froides étreintes
    Le disputent longtemps.

Ah! c'est qu'il faut parfois à la faiblesse humaine
Bien des mois pour apprendre à dire un tel adieu,
Et contempler enfin sur la tombe sereine
    Le sourire de Dieu.

Et la lune montait sur les pins solitaires;
Nous marchions en silence, et nous quittions émus
Cette terre sacrée où vont pleurer les mères
    Et chanter les élus.

LII

LA ROUTE

———

Ce qui fait que je rêve ici de longues heures,
Ce n'est pas le feuillage où mugissent les vents,
Ni les dômes lointains, fastueuses demeures,
Où sont couchés les morts, où passent les vivants.

C'est ce petit chemin qui sillonne la plaine
Et grimpe la colline et se perd dans le bois.
Un invincible attrait sans cesse m'y ramène :
Où va-t-il? à le suivre il ferait bon, je crois.

O ruban qui fascine, ô route que prolonge
Cet œil intérieur qui n'a pas d'horizon ;
Vague et douce promesse où le rêve se plonge,
Sentiers, chemins perdus, tapissés de gazon :

D'où vient donc que sur vous notre regard s'attache,
Et qu'aurons-nous au loin qui ne soit point ici ?
Où sont ces paradis que l'horizon nous cache,
Et quel charme inconnu fait qu'on vous aime ainsi ?

— C'est que l'œil est avide et que l'âme est profonde ;
C'est que rien n'est si beau que ce qu'elle a rêvé.
C'est que l'homme ici-bas s'en va cherchant un monde,
Et depuis six mille ans jamais ne l'a trouvé.

LIII

APRÈS LA BATAILLE

UN BLESSÉ.

Si je pouvais enfin me lever !... vain effort !
Ah ! ce qu'ils m'ont mis là, je le sens, c'est la mort.
Au cœur un poids m'étouffe et la fièvre m'altère...
Viendront-ils ?... Comme elle est dure et froide, la terre !
Au loin le canon gronde... oh ! qu'ont-ils fait là-bas ?
Ils sont vainqueurs peut-être... et je ne le sais pas !

UN CHŒUR D'ANGES.

Le vent qui traverse la plaine
A du poison dans son haleine,
Et du fond de l'immense arène
Montent des plaintes et des cris.

Sur le sol gisent les débris
D'un gigantesque sacrifice.
Ah! quel souffle a passé dans l'air?
Du Seigneur est-ce la justice ?
Est-ce la haine de l'enfer?

LE BLESSÉ.

Que je souffre, mon Dieu! mon sein brûle... oh! la guerre !
Quoi! mourir sans secours! mourir ici! ma mère!...
Tu partirais, je crois, sans attendre un instant,
Mère, si tu savais qu'il est là, ton enfant.

LES ANGES.

Restons, car on souffre où nous sommes.
O lieu funeste, horrible champ !
Ses moissons sont des membres d'hommes
Et son fleuve coule du sang.
Des frissons, des luttes étranges
Au fond s'agitent par instant,
Et la sérénité des anges
Se troublerait en le voyant.

LE BLESSÉ.

Oh! tu me guérirais! que n'as-tu pu me suivre?
Mourir à vingt-cinq ans! j'aurais tant voulu vivre!

Vous qui par charité relevez les mourants,
Emportez-moi... je souffre... est-ce vous que j'entends ?

LES ANGES.

Descendons, soulageons leur peine ;
Faisons monter tous les soupirs.
De ces mourants brisons la chaîne ;
Sous les monceaux de chair humaine
Cherchons les âmes des martyrs !

LE BLESSÉ.

Un peu d'eau... j'ai bien soif ! un lit... tout m'abandonne.
Il faut mourir ici... Mourir !... ô mon Yvonne !
Sur le bord du chemin tu m'attendras longtemps...
Et nous aurions été dans cinq mois si contents !
L'autre jour en tremblant tu soulevais mes armes...
Ah ! tes yeux, tes beaux yeux en verseront des larmes,
Quand tu verras mon nom dans la liste des morts.
On nous a vus partir si braves et si forts !

LES ANGES.

Si la félicité passée
Pouvait lui faire illusion !
Berçons un instant sa pensée
D'une lointaine vision.

LE BLESSÉ.

O ma lande fleurie, ô mes champs, mon village !
Jardin que j'ai planté, plein de fleurs et d'ombrage,
Mes bœufs et mes brebis.... ô le repas du soir,
Quand après la fatigue il fait si bon s'asseoir !
Les récits du foyer, les cloches du dimanche,
Dans l'église, aux grands jours, Yvonne en robe blanche,
Les compagnons joyeux et ma petite sœur
Qui d'un coquelicot me fit la croix d'honneur !
Ma vie eût été belle, et la voilà finie.
Cloches de mon pays, sonnez mon agonie ..

LES ANGES.

Du grand sommeil il va dormir.
A vous, Jésus, faites qu'il pense,
Et que la céleste espérance
Le console enfin de mourir !

LE BLESSÉ.

Mon Dieu qui me voyez, mon seigneur et mon maître,
A votre jugement bientôt je vais paraître,
Et je vous oubliais quand je n'ai plus que vous.
Hélas ! j'ai tant péché ! mais vous m'avez absous.
Ouvrez-moi votre sein... Je meurs pour ma patrie !
Ma mère brûle un cierge à la vierge Marie ;

La médaille d'Yvonne, elle est là... sur mon cœur...
Mêlez mon sang qui coule au sang de mon Sauveur.

L'ANGE DE LA FRANCE.

Jéhovah! Dieu de la victoire,
De la force unique soutien,
Vous aviez couronné de gloire
Votre royaume très chrétien.
Son bras puissant, son âme fière
Etaient soumis à votre loi,
Et des anges l'armée entière
Aux cieux s'inclinaient devant moi.

Oh ! la France ! Qu'elle était belle,
Parcourant la rive infidèle
Ainsi qu'un lion qui bondit !
Semant sur les plages lointaines
Son or et le sang de ses veines
Pour le tombeau de Jésus-Christ !
Puis, à l'heure de la prière,
Humble et douce comme un enfant,
Inclinant sur l'auguste pierre
Son front blessé mais triomphant.
Par saint Louis, je vous implore !

18

Mon Dieu, qu'elle était belle encore
Quand, se levant de ses douleurs,
Et mettant son vainqueur en fuite,
Elle s'élançait à la suite
De la Vierge de Vaucouleurs!
Par Jeanne d'Arc, pitié pour elle!
Oh! la France! Qu'elle était belle!
Lorsque, dans sa fidélité,
Défiant Pilate et Caïphe,
De Rome et de son roi-pontife
Elle abritait la majesté!

Jéhovah, Dieu de la victoire,
De la force unique soutien,
Vous aviez couronné de gloire
Votre royaume très chrétien.
Son bras puissant, son âme fière
Etaient soumis à votre loi,
Et des anges l'armée en ière
Aux cieux s'inclinaient devant moi.

LE BLESSÉ.

Où suis-je ?... Ah! l'ennemi... le tambour... il s'avance!
Présent, mon général! marchons! vive la France!

Je me lève... attendez... Guillaume, gare à toi !
Attendez... je ne puis... qui me tient ? laissez-moi !
Mais non ! je vais mourir, et c'est Dieu qui m'appelle.
Mes amis, vous prierez pour moi dans la chapelle.
Je ne vous verrai plus... ma mère... Yvonne... adieu !
Là-haut mon heure sonne, et me voici, mon Dieu !

LES ANGES.

Oui, Dieu l'appelle... en sa présence
Le vaincu monte glorieux.
Que dans l'éternelle balance
Où le ciel a pesé la France
Soit versé ce sang généreux ;
Et pour qu'un rayon salutaire
La prépare à son triste sort,
Allons dire à la pauvre mère
Que peut-être son fils est mort.

TABLE DES MATIÈRES

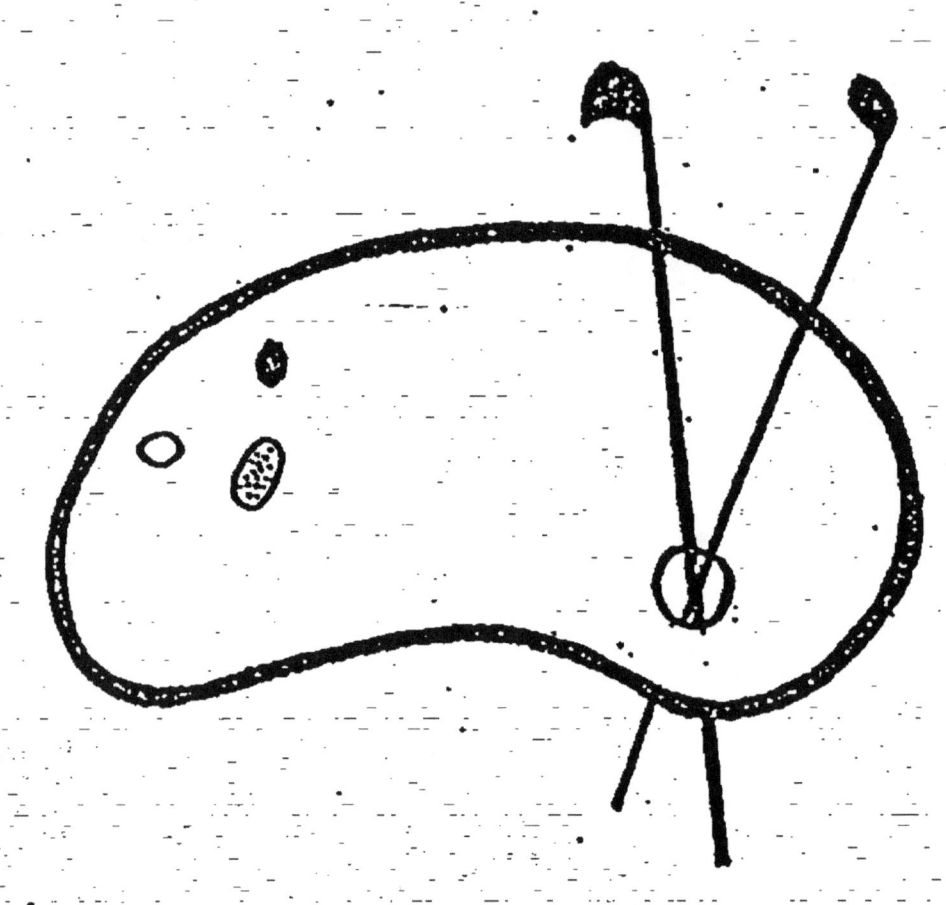

www.ingramcontent.com/pod-product-compliance
Lightning Source LLC
Chambersburg PA
CBHW051814020726
47502CB00005B/1447